MW00943496

©Una historia escrita con cuentos

Manuel Arduino Pavón

editorialraices15@gmail.com

Diseño de portada: Mayra L. Ortiz Padua

Edición y diagramación: Mayra L. Ortiz Padua

ISBN: 9781794495777

mayo 2020

Colección Crepúsculo

"Abriendo surcos en la nueva literatura"

Manuel Arduino Pavón

Una historia escrita con cuentos

Manuel Arduino Pavón

I

Muy pocas veces en un pueblo perdido en el norte de mi pequeño país, se tiene oportunidad de participar de una fiesta tan grande y provocativa como la que tuvo lugar hace doce años y una semana. No fue una fiesta cualquiera. No fue una fiesta con bandas de señoritas desfilando al compás de una música marchosa. No fue una fiesta como la que tiene lugar cuando se doman potros fieros. Ni una fiesta de fin de año. Fue una fiesta que dudo mucho se volverá a repetir en este nuevo siglo en mi pequeño pueblito. Para decirlo en pocas palabras: fue una fiesta de la picardía y la astucia, una fiesta del engaño y la falsedad. Fue un concurso de mentiras. Aunque el nombre que le pusieron para hacerla conocer entre los otros rancheríos de la zona fue muy pomposo, la pura verdad es que se trató de una fiesta de mentirosos. Antes de seguir contando conviene que se sepa el nombre de la fiesta. Ni más ni menos que "Certamen regional de la Imaginación y la Inventiva".

La idea se le ocurrió al comisario. Don Zoilo se solía

gozar con los cuentos y las ocurrencias de los payadores y los cantores populares. Los payadores son unos muy antiguos poetas campesinos que improvisan versos en pugnas, para ver quien es el más diestro en el imaginar. Suelen reunirse en torno a una fogata bien viva, las noches de viernes a domingo, junto a algún plato campero, a referir sus rimas. En general son nada más que mentiras, exageraciones y deformaciones de algún hecho que llegara a su conocimiento, de algunas características singulares del adversario o propias. Agrandan las cosas a extremos incalculables, provocando la risa y el aplauso de la congregación de espectadores, que se sacan el frío del invierno duro del norte escuchando esas inofensivas falsificaciones de la realidad.

Como decía, el comisario era hombre muy amigo de celebrar. Con tal de celebrar hacía cualquier cosa. Una vez celebró el día de la pimienta. Y eso que en nuestro pueblo y en la zona no se cultiva esa variedad. Simplemente se le ocurrió que los vecinos, nuestros padres especialmente, idearan cosas con mucha pimienta. Mi madre, por ejemplo, amasó un pan de maní con pimienta y canela. Los que lo probaron lo encontraron bien raro y hasta sabroso. Pero al otro día dejó sus secuelas. Muchos sintieron un ardor en las tripas y una acidez que sólo podía explicarse por esa dosis del polvillo picante. A mi abuela se le ocurrió echarle pimienta a la comida del gato. Barniz, nuestro gato, estornudó varias veces y se rehusó a probar semejante bocado. Pero, muy a su pesar, como mi abuela no cambió el contenido del plato, el buen gato se tuvo que conformar con el experimento. Pero hubo otros vecinos de la zona que fueron más allá de las cosas de la casa. A un chacarero acomodado de las inmediaciones se le ocurrió contratar una avioneta fumigadora, de las que suelen volar por sobre las plantaciones, para que abriera una bolsa de pimienta encima del pueblo. Las crisis de irritación de las vistas y de alergias y estornudos que se conocieron entonces, no tienen comparación con algo semejante en la historia del norte. A Ballenita, un pescador del lago, viejo solitario y traicionero con los perros del pueblito, se le vino a ocurrir cambiar el producto de la pesca por pimienta en el almacén de ramos generales de la ciudad más cercana. La trajo en un carro

prestado y la vendió toda, para que todos tuviéramos con qué participar en el torneo. Pero le pasaron pólvora por pimienta. Así que el comisario no tuvo más remedio que requisar las bolsitas del elemento explosivo. En algunos casos no suficientemente a tiempo. El curandero tuvo trabajo para rato, haciendo echar el fuego a unos cuantos vecinos atropellados por hacer pruebas. Estos son algunos pocos hechos que ocurrieron a consecuencia de la
inspiración del comisario, Zoilo Arrascaerta, muy conocido por sus tatuajes de naves espaciales en el abdomen y en la espalda.

Es necesario decir aquí que nuestro pueblito es un pueblito más bien pobre. Por aquella época apenas había cinco casas de material. Las otras eran de chapas y de cartón o de lo que se pudiera juntar. Pero eso no era un problema para nosotros, que estábamos acostumbrados con la intemperie y el frío o el calor. Mi padre siempre decía que algún día nos iban a ayudar a construir un pueblito de verdad. Pero yo le dije que eso se lo debió contar algún capacitado cuentero de los que participaron en el torneo de la mentira. Pero él me enseñó a no quejarme y a ser agradecido. Por lo menos nos teníamos unos a otros. Éramos un pueblo familiar y nos juntábamos en cada ocasión que fuera necesario para levantar una cuerda de secar la ropa, una carreta de ejes vencidos, algún buey majadero dormidor y lerdo empantanado en la huella, o lo que fuera. Nos sentíamos muy bien al compartir nuestra desgracia. Aunque más no sea para no sentirnos tan solos.

Yo confieso que tuve la esperanza de que este torneo tan singular atrajera la atención de la gente de la zona. Si bien son todos pobres, como nosotros, es sabido que cuanto más se juntan los hombres menos espacio vacío hay. Y quizás lo que nos haga tanto daño es dejar tanto espacio vacío entre las personas. Yo pensaba que se iría a llenar de alegría después que los cuenteros alegraran las noches del pueblo durante la semana de la celebración del certamen. Y todavía lo espero.

Zoilo Arrascaerta por entonces era un hombre de unos cincuenta años. Fue cultivador de caña de azúcar y se acostumbró a dormir en cuevas en la tierra misma, sin nada más que un poncho y a veces un cigarro. Por eso es que desde que llegó a comisario nos vivía diciendo que respetáramos la autoridad. Que la autoridad le entraba justa, que él la crió por muchos años, que él sabía que la autoridad es un poder que puede desequilibrar a la gente comedida. Pero que un paisano como él ya supo de la fortuna esquiva, y que entonces la autoridad es la compasión que se aprende de querer ayudar al que no tiene nada. Es una forma bastante rara de hablar de la autoridad. Pero me parece que él tenía algo de autoridad para decir esas cosas. También nos tenía a raya cuando nos poníamos a jugar a la pelota. No teníamos pelota, así que nos hicimos una con trapos y medias viejas y nos pasamos las tardes jugando, después de la escuela.

La escuela estaba a una legua del pueblo. Íbamos por la mañana. La señorita Poema era la maestra. Zoilo Arrascaerta la perseguía regalándole limones y una que otra botella de anís. Pero la señorita Poema era muy severa. Parecía que lo único que le gustaba de los hombres eran los hijos que pueden tener con otras mujeres. Ella parecía desinteresarse por un noviazgo tan conveniente como el que podría formalizar con el comisario. El no era muy guapo, ciertamente, pero la barriga tatuada le daba un aire de profesional. Creo que se dice así cuando uno quiere describir un hombre bien seguro de sí mismo. ¿Quién diría que una barriga con un plato volador pudiera darle esa compostura? Aunque nadie me crea, estoy seguro que a la señorita Poema lo que más le llenó el ojo fue la barriga. Y no podría ser de otra manera.

La escuelita era un antiguo galpón de un tambo que el tambero donó para cuando estuviera muerto. Lo arreglaron como pudieron, con hojas de periódicos y de revistas en las paredes, y unos huecos cubiertos por telas agujereadas por ventanas. Aunque no entraba mucha luz nosotros no necesitábamos más, porque la señorita Poema era clara como la mañana. Todo lo que nos decía nos entraba y no nos salía. Salía más bien en el recreo. Ella estuvo muy disgustada con el asunto del concurso de mentirosos. Dijo que iban a malcriar a los muchachos haciéndolos participar de semejante disparate. Que estaba bien que al comisario se le hubiera ocurrido una vez un certamen de la pimienta, y otra vez un concurso de cebras (caballos pintados, naturalmente) y otra vez de un simulacro de rescate de náufragos en la islita del lago de las nutrias, donde la tierra se levanta un poco, después del bosque de árboles retorcidos, allí donde gime el viento todo el año y los animales son felices y libres. Pero que una competencia como ésta iba a traer mucha gente ociosa y de malos hábitos.

Como les decía, a la señorita Poema le pareció cosa antojadiza y peligrosa distraer a los muchachos con mentiras. Con más mentiras. No se olviden que en el campo hay que exagerar un poco para hacerse notar, porque en el campo todo está tomado de la mano, todo es parejo y manso. No queda más remedio que resaltarlo todo, nuestra mansedumbre, nuestra astucia, nuestra vigilancia, nuestra paciencia. En los juegos ensayábamos el estilo de nuestros padres en el hacernos bromas y ponernos nombretes. A mí, por ejemplo, me llamaban "Escarbadiente", porque me conformaba con las sobras. Al gordo Raúl le llamabamos "Noche de Navidad", porque siempre terminaba triste. A la hermana, la Nenúfar, le pusimos de nombre "Paracaídas", porque algunas veces no obedecía. También teníamos un "Fósforito", porque primero se calentaba bien y al ratito ya agachaba la cabeza. Y un "Calzoncillo Remendado", porque cuando menos se lo esperaba se escapaba por algún agujero. Y un "Caramelo de leche chupado", porque quedó chiquito y pegajoso. Podría contar por lo menos treinta nombres en el pueblo bien puestos, pero no quiero cansar. Ya voy a tener ocasión de cansar cuando les cuente los cuentos.

(Me arrepentí. A Anita la llamaban "Flor Silvestre", porque la encontraban en todos lados pero nadie la llevaba a su casa. Había un "Barriga de Pobre", porque era más ruido que nueces. A otro lo llamábamos "Catecismo" porque era bueno pero nadie lo aguantaba. O "Cuchara de madera rota", porque se pasaba dando vueltas y al final no se quedaba con nada. También teníamos al flaco "Dentadura" porque todos lo tenían en la boca pero no lo tragaba nadie. O Pedrín, el "Regadera Vieja" que casi todo lo perdía en el camino. Y el último, de verdad, Alejandro, el hijo del panadero, "La Sombra", porque se pasaba la mitad del tiempo en el piso).

II

Desde hacía mucho tiempo estábamos indignados con Ballenita. No podíamos entender porqué había que matar a los peces del lago y cazar a las nutrias. Nos habían dicho que la carne es necesaria, y que para comer carne hay que matar. Nos habíamos resignado un poco, pero en lo más hondo del corazón nos decíamos que tenía que haber otra salida. En el pueblito, en realidad, nos pasábamos a guisos y arroz, como todos los pobres, pero siempre algún trozo de grasa flotaba en la olla. Nos daba mucha pena tener que sacrificar a nuestros amigos. El que más el que menos quería a su ternerito, jugaba con un cordero, le daba de comer a los patos, a los pollitos. Nos partía el alma semejante injusticia de darles nuestro corazón a los animales hasta que se vuelvan grandes y gordos. No es justo. Es una traición y una falta de valentía. Pero éramos muy chiquitos y seguíamos las indicaciones de nuestros padres. La señorita Poema era vegetariana. Ella comía nada más que plantas y cosas que no se sacaran de un cuerpo muerto. Pero era muy cuidadosa cuando hablaba de eso. Nos dábamos cuenta que tenía miedo de perder el empleo. Además en mi país la gente no sabe comer sin carne. Es como si la costumbre les hubiera apagado el corazón. No digo que no haya gente buena y sana, que jamás pensara en hacer daños a nadie. Pero en cuanto a los animales las cosas cambian. Se salvan algunos caballos, los perros y alguno que otro gato, bastante perseguidos. Algún canario o dorado, pajaritos que guardan en jaulas como si les gustara a los pobrecitos. Los sacan del cielo y los llevan a la jaula. Y creen que les hacen un gran favor. Estábamos muy tristes y descorazonados.

Llegamos a tomar una decisión que nos costó unas cuantas reprimendas y algún que otro golpe. Los muchachos decidimos rehusarnos a comer carne. Pasó algo curioso. Al principio nuestros padres se enojaron y no nos dieron importancia. Dijeron que íbamos a comer cuando tuviéramos hambre. Después, como veían que no comíamos, de verdad, comenzaron a traernos verduras, algún boniato y, si podían, alguna fruta. Nosotros creímos que habíamos ganado la batalla. Pero no estábamos acostumbrados a esas cosas. No nos gustaba mucho el cambio. No sabíamos qué hacer.

Habíamos tomado esa decisión para proteger a nuestros amigos. Pero no conocíamos el gusto de los frutos de la tierra. Muy doloridos nos encontramos una tarde todos junto al rancho de Ballenita, al lado del lago.

-¿Qué podemos hacer? -pregunté al grupo, muy triste y desesperado.

-¡Tenemos que comer algo! -dijeron todos.

-¿Y nuestros amigos? ¿Vamos a permitir que los sigan matando?

-No es bueno que los maten, pero es lo único que podemos comer.

-¿Y si no comemos nunca más? -preguntó uno que estaba muy confundido.

-No nos van a dejar nuestros padres -respondió una que estaba segura de que sus padres siempre tenían derecho sobre nosotros.

-Hay que comer para vivir -dije-, pero no podemos comer las verduras. ¿Qué podemos hacer?

Así estábamos hablando sobre nuestra desgracia, sin encontrar la solución y sin consuelo, cuando se nos ocurrió consultar a la señorita Poema. Fuimos corriendo hasta la escuela. En el ranchito al fondo, donde vivía la maestra, nos recibió muy sorprendida. No nos animábamos a plantearle la causa de nuestras dudas. Alguien dijo que no estábamos comiendo nada.

-¿No están comiendo? Es necesario comer para estar sanos y poder estudiar y jugar.

Entonces soltamos la lengua y le explicamos el problema. La señorita Poema nos escuchó muy comprensiva. Se sentó en el suelo y nos dijo:

-Tienen que saber que para comer es necesario matar. Que no nos queda más remedio que matar para comer. Pero tienen que saber que hay muertes y muertes. Una manzana, por ejemplo, tiene como destino pudrirse en la rama o terminar en la boca. Parece claro que las frutas son los seres vivos que menos se resienten si se los toma como alimento. Pero las verduras también mueren o quedan muy malheridas si se las arranca, al contrario del árbol frutal que sigue en pie. Sabemos que las verduras y los granos no se pueden expresar como los patos y las vacas. Pensamos que han de ser menos evolucionadas. Pero también sabemos cómo responden a nuestras muestras de afecto. Las plantas que las mamás cultivan en las macetas y en los terrenitos crecen más felices si les hablamos y las tratamos con muchas atenciones. Así que probablemente también sufran cuando las matamos para preparar la comida. ¿Quién sufre más? Seguramente los animales más evolucionados se parezcan más a nosotros y desarrollen sentimientos semejantes a los nuestros. ¿Nos gustaría que nos separaran de nuestros padres? ¿Qué sienten las vacas y los toros y sus terneros cuando ya no está un ser querido pastando con ellos? Ustedes ya han conocido la matanza, el horror de la matanza. Lo mejor siempre ha de ser comer de aquellas criaturas que sufran menos. Hay en eso una forma de conducta más limpia, una forma de vida inofensiva y por consecuencia civilizada. Está en juego el amor a la vida, a nuestros hermanos menores, los

animales y las plantas. No se desesperen, este sentimiento que ahora los tiene tristes e indecisos va a volverse convicción cuando crezcan. Sólo cuando crezcan podrán independizarse de las costumbres de sus padres, del país. No van a ser más buenos porque no coman carnes, pero ayuda a volverse menos dañino. Si pueden vayan probando cada día con las verduras y las frutas. Le van a encontrar el gusto tarde o temprano. Es cuestión de tiempo. La semilla ya fue sembrada en ustedes. No tengo derecho a decirles más. Es algo que tienen que decidir por ustedes mismos. No tengo derecho a ponerlos en contra de la gente, de las costumbres. Algún día esta pregunta que hoy se hacen se va a ampliar. Se van a preguntar por otras costumbres crueles de nuestra gente. No somos perfectos. Vuelvan a sus casas. Van a saber resolver el problema con el tiempo. Es peor que no coman. Tengan fe. Yo ya comprobé que uno se puede alimentar provocando el menor dolor posible. Todo va a cambiar algún día.

Nos quedamos mudos en el suelo, alrededor de la señorita Poema, sin saber qué decir. A mí no me convencía mucho lo que decía. Pero soy medio cobarde para discutir. Le encontré su razón de ser pero me prometí resolver la cuestión en otro momento, más adelante, cuando pudiera hacer de mi vida lo que quisiera. Estaba claro que debíamos esperar.

Cuando nos volvíamos para el rancherío apareció el comisario con cara de preocupación. Iba rumbo a la escuela. Como lo vimos tan irritado decidimos seguirlo. Esperamos a que golpeara las manos cerca del rancho de la maestra. Nos ocultamos detrás del edificio de la escuela. Lo que escuchamos nos dejó muy apenados. El comisario le echaba la culpa de nuestra decisión a la señorita Poema. Ella lo escuchaba sin responder. El la amenazaba con ponerla en la cárcel si no nos dejaba de meter cosas raras en la cabeza. Comprendiendo que la situación se complicaba nos fuimos a otra parte a conversar. Nos juntamos cerca de mi rancho y decidimos comer carne para evitarle un problema más grande.

Habíamos tomado la decisión y nos sentíamos responsables del destino de la maestra. Así que esa noche cenamos la grasa flotando en el guiso de fideos y porotos y nos callamos la boca.

La señorita Poema nunca nos dijo una palabra de las amenazas de don Zoilo. Eso hizo que la quisiéramos un poco más.

Si cuento este asunto de los animales y la comida es porque a raíz de este asunto fue que a nuestros padres se les ocurrió reunirse. Lo hicieron para buscar alguna forma de tenernos distraídos y sin pensar en nada. Y porque fue a raíz de esta inquietud de nuestros padres que don Zoilo propuso lo del concurso regional.

Nunca los niños podrán de dejar de pensar qué es lo mejor para los animales. Pero doce años atrás el concurso surtió efecto en niños compasivos. Caminamos largas leguas repartiendo las bases del concurso entre los pobladores de los pueblos vecinos. La idea nos tuvo ocupados por casi un mes. Mientras, don Zoilo levantaba una techo de paja junto a la comisaría y ponía troncos y tablones para asientos.

La obra fue progresando lentamente y, como quien no quiere la cosa, nos olvidamos de nuestras dudas.

Me propuse contarles solamente lo del concurso de mentiras, pero estoy seguro de que muchos otros niños se hacen o se harán algún día la misma pregunta que se hicieron un puñado de muchachos antes. Y también estoy seguro de que las cosas no se arreglan siempre diciendo y escuchando mentiras. La mayoría de ellas se las decimos a nuestros amigos, los animales, con nuestra conducta tan confusa. Espero que la humanidad encuentre una solución a este problema pronto. Humildemente creo que yo tampoco la encontré, aunque con los años me volví vegetariano.

III

Ya habíamos repartido los volantes anunciando el concurso regional de cuentos, cuando nos vinimos a dar cuenta de que ni siquiera habíamos establecido un premio para los ganadores. Don Zoilo anduvo visitando ranchito por ranchito de los vecinos, en busca de alguna que otra cosa para regalar. Pero consiguió reunir, escasamente, unas botas de potro viejas y raídas, una escupidera de hierro esmaltado y un puñal. Cuando se hicieron los últimos arreglos para la ocasión, debajo del techo que levantamos para refugio de los artistas, nuestros padres y el comisario cambiaron ideas sobre el premio. Después de mucha conversación llegaron a la conclusión de que a los cuentistas sólo les interesa que los escuchen, que ese es el mejor premio que esperan recibir. Fue así que las donaciones fueron devueltas a sus dueños, que el vecindario se esmeró entonces en decorar con lo que hubiera a mano la techumbre y los bancos de rodajas de tronco. Y nosotros nos sentamos a esperar.

La fecha del concurso era la segunda semana de octubre, en plena primavera. El único riesgo de hacer una fiesta al aire libre en primavera, en nuestras tierras, es el viento. Siempre hay viento en primavera. A nosotros nos venía bien para remontar las cometas, pero hay tanta tierra suelta en el pueblo que nuestros mayores idearon la forma de tenerlo a raya. Arreglaron las cosas para que se encargaran del trabajo tres comadres con sus palanganas llenas de agua de rosas para regar encima del polvo a cada tantito. También resolvieron cocinar para la fiesta algunas empanadas criollas y pastelitos de dulce de membrillo. Y abundante vino. Los paisanos no saben tomar otra cosa, cuando les alcanza el sueldo, que vino o caña brasileña. Pero por esta vez se prefirió algo bien cristiano. De allí que un bodeguero muy generoso de la zona donó unas cuantas damajuanas de tinto cabezón. Parecía todo preparado. Sólo faltaba conocer la respuesta.

Con el paso de los días fueron cayendo por el pueblito los interesados. Hasta vino una maestra de la capital departamental. Se hicieron las inscripciones. Se asignaron cada una de las tardes para los cuentistas y nos pusimos a esperar. A rezar. Lo curioso es que nadie preguntó por el premio, tal como habían llegado a creer los mayores. Estaba claro que a los cuentistas les interesa más que se les oiga que cualquier otra cosa. Es como si necesitaran comunicar sus secretos, las ideas que les anduvieron bailando en la cabeza, los sueños. Mi madre me dijo que así son al principio, hasta que descubren que alguien se enamora de ellos. Entonces se vuelven bravos y discutidores. Se suben a las sillas y se emborrachan y despilfarran sus pocos pesos publicando libros que no lee nadie. Yo no estoy muy seguro de que las cosas sean así. La señorita Poema también escribe. Pero ella no se gasta los pesos en hacer libros. Se guarda lo que escribe celosamente. Dice que lo hace para sentirse bien. Es como si criara hijos. Yo estaba seguro de que unos cuantos artistas se dedican a criar a sus hijos y no andan por el mundo a los saltos tratando de hacerse notar. Eso era lo que esperaba encontrar en el concurso. Hubo mucha gente variada, pero eso sí, ninguno me pareció con ínfulas de matón. Salvo la maestra que vino de la capital departamental, los demás eran entrados en años. ¡Me olvidaba de la francesita, la sobrina de Don Zoilo, que se vino de un pueblito vecino una mañana, antes de que comenzara la fiesta, y nos contó el cuento que a mí me pareció el más lindo!

La cosa fue que la rubiecita se largó en el caballo de su padre hasta el pueblito. Se vino temprano, el día anterior al concurso. Nos dijo que sabía que era muy niña para concursar, que por eso había decidido no presentarse a competir. Nosotros quisimos convencerla de que lo hiciera. Queríamos sentirnos representados por una niña, más o menos de doce años, que sentía lo mismo que nosotros. No lo conseguimos.

Don Zoilo, que estaba nervioso como pajarita chacarera cuando hace el nido, arrimó unos bancos bajo la sombra del ombú centenario y alentó a su sobrinita para que nos contara el cuento. Hoy puedo decir que me sentí lleno de ganas de volar cuando lo escuché. Yo hubiera querido tener un cuento así en mi cabeza. Lo disfruté tanto que decidí anotarlo en el cuaderno y conservarlo. Por años, cada vez que me dolía algo leía el cuento de la francesita. Todavía lo leo. Es lindo y yo creo que es de verdad. Es sólo cuestión de aprender a escuchar. Y a mirar.

Ahí va.

IV

En mi pueblo hay una niña que se llama Ana Sol. Vive en un ranchito que tiene el dibujo de una estrella en la chapa de la puerta. No conoce a su papá. Es la más pequeña de tres hermanitas. Siempre juega en el arroyo removiendo el agua con una ramita. A cada rato las moscas la vienen a molestar. Una tarde, mientras jugaba en el agua, una mosca le colmó la paciencia. Ana Sol le gritó que se fuera. Pero la mosca desobediente no se va. Entonces decide no darle importancia. A esa hora se ven los últimos rayos de sol y unos luceritos en el cielo que se van asomando. Ana Sol se pone a pensar en las estrellas. Como es lo más grande que ve en el cielo, se dirige a la luna. Le dice:

-Doña Luna, ¿puede hacerme un favor?

La gorda luna al principio no le da importancia a la niña, atareada como está en no caerse del cielo. Pero poco a poco se pone a mirar el arroyito aquí abajo y ve a la pequeña que tiene la cara triste. Conmovida le dirige estas palabras:

-¿Qué favor quieres que te haga?

Ana Sol alza la ramita y le pide a la luna:

-Quiero que esta ramita se vuelva un pan.

La luna, sorprendida por el pedido, se pone más pálida todavía y se da vuelta en el cielo para ocultar la blancura de la cara. Ana Sol insiste, muy indignada:

-Doña Luna, si es cierto que usted es amiga de la gente tiene que convertirme esta ramita en un pan. Tengo hambre y en mi casa me estarán buscando a esta hora. No quiero ir con las manos vacías. ¡Sea buena, doña Luna!

El cielo está oscuro y la luna se vuelve a dar vuelta, con las mejillas coloradas, y murmura en voz muy baja:

-Yo no sé cómo se hace un pan. No puedo cumplir ese deseo.

Ana Sol, muy angustiada, le grita:

-¡Hágalo con harina de nubes blancas y agua de nubes negras, con un pedacito de cielo para darle gusto! ¡Después cocínelo al sol! ¡No sea mala!

La luna se da cuenta de que la niña tiene hambre y que es muy, muy pobre, y se pone a ordeñar a las nubes negras para sacarles el agua. Con las nubes blancas y el agua hace un masacote. Corta un trocito de cielo y lo mezcla con la masa. Lo prueba. ¡Está bien salada! Mezcla bien todo y se pone a amasar con ayuda del viento, que siempre está ocupado, rompiendo y arrancando y llevando las cosas de uno a otro lado. El viento se resiste porque no le gusta que lo usen para cosas de cocina, pero la luna está llena y tiene más fuerza. Un ratito después la masa queda pronta.

-¡Al sol, la vamos a poner a cocinar al sol! -dice la luna.

-Pero, ¡no hay sol! ¡A esta hora ya no hay sol! -observa la niña.

La luna, que se da cuenta de ese detalle, se pone amargada y deja el masacote colgando encima de ella. Parece que hubiera tenido una lunita, una hija. Ana Sol se lo comenta con mucha gracia y picardía. La luna se vuelve a poner colorada, porque ella siempre ha de ser señorita y el señor sol nunca se anima a hablarle de amor. Ni se le acerca.

Ana Sol se queda callada y ya sin esperanza ninguna. La luna, compadecida, tiene una idea y se la propone a la niña:

-¡Pídele tus deseos a las estrellas!

-¿A las estrellas? -pregunta extrañada la niña.

Y la luna le responde:

-Sí, es una vieja costumbre de la gente de la tierra. Se trata de mirar al cielo esperando que aparezca una estrella errante y...

Ana Sol interrumpe a la luna y le pregunta:

-¿Qué es una estrella errante?

La luna, que no es muy versada en astronomía, no sabe qué responderle. Piensa y piensa. Entonces se le ocurre mirar el masacote que tiene encima. Lo parte en cinco pedacitos y los va lanzando al espacio uno tras otro.

Y le dice a la niña:

-¿Ves? Las estrellas errantes caen por el cielo como estos trocitos de masa. Pero por lo general se apagan antes de llegar a la altura de los árboles. Es como si se les gastaran las pilas.

Ana Sol no entiende muy bien la explicación de la luna. Se queda boquiabierta mirando el cielo. Un rato después una lucecita se desprende y cae.

-¿La viste? -le pregunta la luna-. ¿Viste esa lucecita cayendo por el cielo?

Ana Sol le responde entusiasmada:

-Entiendo. Ahora entiendo lo que es una estrella errante. ¿Y qué hay que hacer para que se cumplan los deseos?

La luna se pone a pensar. Quiere darle a la niña una respuesta razonable. Como es una señorita coquetona, inventa una respuesta de gente fina:

-Hay que tener ropita nueva y zapatos lustrados.

Ana Sol se mira el vestidito rotoso y las zapatillas agujereadas y con tristeza se lo hace notar a la luna:

-Yo no tengo la ropa nueva y los zapatitos lustrados. A mí no me van a hacer caso las estrellas errantes.

La luna, que se da cuenta que inventó algo inconveniente y que metió la pata, se vuelve a poner colorada y se corrige, diciendo:

-También se les cumplen los deseos a las niñas que quieren mucho a su papá.

Ana Sol se pone más triste todavía y dice:

-Yo no tengo papá. No conozco a mi papá.

La luna, al borde de una crisis nerviosa, está muy triste y a punto de llorar. También está molesta consigo misma porque cada cosa que inventa es peor. Ana Sol le pregunta muy respetuosamente:

-¿Y a los niños pobres no les cumplen los deseos?

La luna, que tiene una gran corazón piensa y repiensa. Después de un rato responde con una voz muy aflautada:

-Sólo tres deseos. A los niños pobres se les cumplen nada más que tres deseos.

Ana Sol hace sus cálculos y pregunta:

-¿Y cuántas veces puede una niña pobre pedir tres deseos?

La luna, sorprendida por la pregunta de la niña, apenas se anima a decir:

-...y a una niña pobre se le permite todo, todo...

Ana Sol oye esas palabras con alegría. Se le ha ocurrido una idea. Quiere probar con la primera estrella errante que aparezca. Avergonzada porque cree haberle dicho una mentira enorme, la luna oculta la cara entre las nubes.

Ana Sol vigila el cielo. De pronto cae una lucecita. Pero desaparece tan rápido que no le alcanza el tiempo para pedir los deseos en voz alta. Entonces decide pensar los deseos antes y tenerlos listos para el momento preciso, sin que la oiga nadie. Ni la luna, ni las nubes, ni las estrellas fijas.

Cuando cae una estrella ya tiene los tres deseos en la cabeza. Deja la ramita en el suelo. Saluda a la luna. Y se pone a caminar de regreso a casa. Siente un poquito de miedo. Mamá se enoja con ella cada vez que se retrasa, y la reta. Ella no quiere contrariar a mamá. Se pone a correr hacia el ranchito, mientras cuenta una y otra vez hasta tres.

Va corriendo Ana Sol por los caminitos abiertos en la tierra. Entre las montañas de bolsas de residuos y las mosquitas que no dejan de revolotear por todas partes.

Cuando llega a su casa pone los ojos en el cielo y hace mucha fuerza para que la estrella se acuerde de ella.

Mamá oye los pasos y sale con un trozo de pan en la mano. Se lo da a su hija y le pasa una mano por encima del hombro. Ana Sol mira el cielo y dice para adentro, "gracias". Mamá le da un beso en cada mejilla y le dice:

-No te demores que hoy vamos a comer.

Ana Sol se toca las mejillas donde mamá le regaló los besos y vuelve a mirar el cielo, y por segunda vez dice "gracias". Entonces, antes de entrar a casa, espera que caiga otra estrella errante, porque ese es su tercer deseo. Y cuando la estrella cae, vuelve a pedir un pedazo de pan, unos besos de mamá y otra estrella errante. Para volver a cenar feliz en casa la noche siguiente. Y todas las otras noches. Y siempre.

V

Nos quedamos comentando entre los muchachos y las muchachas el cuento de la sobrina de don Zoilo. Nos pareció triste y a la vez alegre. Nos recordó que algunas veces, entre nosotros, nuestras familias tenían dificultades para llevar algo a la mesa. Pero la posibilidad de que se cumplan nuestros deseos siempre, con cada caída de una estrella, nos produjo una gran felicidad. Anduvimos toda la noche pidiendo deseos. Todos pedimos un deseo en común: que cambie la cosa con los animalitos, que aparezca una solución, un ángel, un mago, alguien que nos libere de provocar tanto dolor. Que nosotros mismos seamos el ángel y el mago. Los otros dos deseos que pedí aquella noche se cumplieron, de verdad. Uno fue que no lloviera las tardes del certamen de cuentos. Había notado que los mayores estaban muy preocupados con el pronóstico del tiempo. Pero, por suerte, no llegaron las lluvias que tanta falta hacen, por otra parte, en nuestras tierras a esa altura del año. El tercer deseo no lo voy a contar ahora. Me lo reservo para el final del relato, porque se cumplió y me hizo sentir muy contento. Les adelanto que tuvo que ver con la maestra y el comisario. ¿Se van dando cuenta? Bueno, aunque no voy a decir mucho más, lo cierto es que la señorita Poema asistió al concurso, a pesar de haber dicho que era mala cosa que se enseñara a los niños a andar imaginando cosas locas y diciendo mentiras de todos los colores. Pero fue más fuerte que ella. Había tanto movimiento, tanta alegría, tanta esperanza en el rancherío, que la señorita Poema se vino a escuchar los cuentos junto a todos los demás. Nosotros, sus alumnos que la queríamos tanto, nos miramos sorprendidos la primera tarde. Pero no le dijimos nada. Ella era muy reservada y discreta. Nos pareció que no valía la pena andar cargoseándola con bromas. Ella era muy decente y no se merecía que se rieran de ella. Don Zoilo fue el más sorprendido de todos. Después del rezongo que le pasó por la cuestión de la comida, de los animales, seguramente jamás esperó que la maestra bajara hasta el rancherío. Se comportó muy seriecito y ni siquiera se pasó con el vino. Se mantuvo a raya. No quería dar una mala impresión, después de la sacudida del otro día. Nosotros deseábamos de corazón que la señorita

Poema le prestara atención al comisario. Nos parecía que así, que si se casaban, ella no se iba a ir del rancherío nunca. Ella nos enseñó la redacción y la aritmética, y a pintar y a modelar arcilla, y a lavarnos la ropa interior. Si me pongo a contar todo lo que nos enseñó les va a parecer que nuestros padres no se ocupaban nada de nuestros estudios y progresos. Ella nos decía que debíamos comprender que a las personas no se las prepara para ser padres. Que se casan y tienen hijos, pero que saben muy poco de cómo criar a sus hijos. Llegó a decir una vez que tenía un plan para crear una escuela para padres. Nosotros le preguntamos cómo podía ella enseñar en una escuela para padres si era soltera. Ella se puso colorada y nos dijo que a veces se ven más claras las cosas de afuera. Que a veces, si uno no está enredado con los problemas de la vida, está en mejores condiciones de apreciar las cosas. Nos aseguró que si uno pone buena voluntad y ganas de servir, está en condiciones de darse cuenta de muchas necesidades de las otras personas. Nos dijo que las personas se casan porque se sienten solas y se separan también porque se sienten solas. Que tienen hijos porque se sienten solas y que no quisieran que sus hijos los dejaran al llegar a mayorcitos, por temor a quedarse solas. Y muchas ideas más de las que ya no me acuerdo. No me animé a contárselas a mis padres, para que no la volvieran a rezongar. Aunque me parecieron cosas serias me daba como un dolorcito en el corazón el pensar en ellas. Está visto que cuando muchachos nos enfrentamos con dolores que nos provocan, casi sin querer, nuestros mayores. De repente a ellos les pasa algo parecido por nuestra causa. Como decía el "Calzoncillo Remendado", el partido se juega en las dos áreas.

Lo cierto es que llegó el lunes esperado y estábamos todos preparados para recibir a nuestros visitantes. Como a las cuatro de la tarde se largó la cosa.

VI

Comenzaron a llegar gentes en carros y hasta en camionetas de los pueblos vecinos. El rancherío era una fiesta. Ibamos de un lado para otro con los vasos y con las empanadas. No las quisimos cobrar para que los visitantes supieran que queda gente agradecida en el campo. Estábamos agradecidos porque, por primera vez desde que se levantaron los primeros ranchos, la gente de los alrededores se animaba a llegar. Yo me acordaba de lo que me decía mi padre, que alguna vez íbamos a tener un pueblo de verdad. Me parecía que se me abría el corazón de alegría. El rancherío estaba cambiado, lleno de conversaciones y movimiento. Era como empezar de nuevo. Era nuestro primer día de alegría y no lo podíamos disimular.

Como a las cinco de la tarde, cuando los bancos de madera estaban repletos, apareció don Zoilo vestido de domingo. Se hizo un silencio muy grande. Parecía como si nos hubiéramos tragado la lengua. Don Zoilo dio la bienvenida a los visitantes de otros pueblos y dio por comenzado el certamen. No explicó para nada lo de los premios, pero estaba claro que tampoco la gente que había venido a pasar el rato se preocupaba demasiado por esas tonterías.

La primera tarde contaron sus cuentos tres paisanos muy distintos entre sí. Sólo tengo copia de los cuentos de don Iván, el ruso, y sólo porque él los había traído escritos y me regaló los papeles. Don Iván era un hombre bastante flaco y muy blanco. Como si lo hubieran pintado de nuevo de los pies a la cabeza. Era todo blanco: zapatillas blancas, bombachas blancas, camisa blanca, pañuelo blanco al cuello, barba blanca y bigote blanco y algún que otro pelo en la cabeza, también blanco. Parecía de mentira. Eso sí, los cuentos son un poco raros. Nos explicó, para empezar, que no sabía si llamarles cuentos. Que eran historias que su padre le había leído cuando él era muy niño. Le había dicho que las había ido juntando de sus viajes por unos países muy lejanos. Aunque no me conocía toda la geografía, estaba seguro de que no existían. Por lo menos ahora sé que hay una geografía interior en cada hombre.

Los nombres de los habitantes de esos países, de los territorios, y las historias son un poco loquitas. Pero como no me había preparado para tomar apuntes de los cuentos, y como es lo único que pude rescatar del primer día del concurso, aquí las copio igualitas que en los papeles que don Iván me regaló.

VII

Mediados de junio de 1935, el enviado de los zawatos.

En la gran jungla de Ipfarti, donde los árboles lucen orgullosos su verde incontaminado, muy cerca del cielo, quiso Aquello que organiza los encuentros y los desencuentros de los hombres, que acertara a encontrarme con un rey solo. Decía que era el único de su estirpe que había sobrevivido a un enorme error. Ahora que tenía casi cien años y que sus conocimientos eran tan grandes, el rey de los zawatos era un hombre desventurado que pasaba los días y las noches sufriendo.

Lo encontré llorando justo a la entrada de una cueva, y aunque mi forma de ser me llevó a ofrecerle ayuda inmediatamente, noté a tiempo que aquel llanto parecía una canción triste, como la que cantan estos pueblos en el culto religioso. Él me descubrió escuchándole quejarse de esa manera, pero no dejó de llorar. Aumentó las muestras de dolor a extremos de contagiarme de tristeza. Al notar que me había pasado el dolor, se acercó y besó mi frente. Poco después supe de sus labios que para ellos llorar era purificador, una forma de dejar atrás la carga pesada.

El rey lloraba porque no tenía paz en su corazón, pero ya no lloraba por su pueblo. Cuando supe la causa de su dolor comprendí la razón.

Los zawatos constituían una antigua tribu de cazadores, capaces de cazar por placer e indiscriminadamente. Era un pueblo que tampoco tenía paz. Creían en una especie de fuerza que ordenaba la vida y la muerte según como se levantara de la cama cada día. Pero nunca habían prestado atención a los asuntos de la religión. A aquella fuerza caprichosa y poderosa no le daban nombre, sólo la temían, y su temor los hacía callar. Existía sin embargo una tradición piadosa que algunos ancianos cumplían, y consistía precisamente en llorar. Los devotos de aquel pueblo se apartaban y se dirigían a parajes solitarios, para llorar junto a la naturaleza. El rey por aquella época también acompañaba a los fieles, y aunque era joven y era un zawato, sólo cazaba para comer, y no por placer. El pueblo lo quería bien, pero no lo necesitaba para nada, pues el pueblo vivía cazando desenfrenadamente a sus espaldas. Algo vino a ocurrir un día que cambió la rutina de los zawatos. Por una causa desconocida los animales desaparecieron de la selva, y aunque la tribu emigró tras ellos, no consiguieron encontrar las huellas. Ante ello, el rey enseñó a las mujeres a sembrar y a recoger, y con estas novedades provocó la irritación de los guerreros, que murmuraban su disgusto a espaldas del monarca.

Corrieron las lunas sin que los animales retornaran. Por consecuencia los devotos que se iban a llorar por ahí aumentaron en número. Por entonces se lloraba con fervor, pero también aspirando secretamente a derrocar al rey a quien los guerreros responsabilizaban por la ausencia de los animales.

Cuando los enemigos del rey estaban a punto de usurpar el trono, otro prodigio ocurrió. Una noche en torno al fuego común, los cazadores, sus mujeres y sus hijos, vieron llegar al rey vestido con una túnica blanca, con los brazos abiertos y una luz sobre la cabeza. Cuando estuvo con todos habló y lo hizo con la voz de un hombre que sabe lo que dice. Alertó a su pueblo que habían llegado los tiempos que los antepasados habían anunciado, que eso explicaba los grandes cambios que ahora conocía la nación. Y aseguró que en tales tiempos los enviados de aquella fuerza que ellos temían corren riesgo de morir. Y que ya era el tiempo en que a los ojos del pueblo surgiría, en toda su magnificencia, el enviado, y que si el enviado era sacrificado, él pueblo también perecería.

Cuando el rey volvió en sí de trance tan raro, muchos zawatos se arrodillaron y besaron sus pies. El rey no lo impidió, pero recordó las palabras de los antepasados y ordenó que se quemaran las armas a la mañana siguiente en una gran fogata en el centro de la aldea. Pero en el corazón de los guerreros palpitaba el odio.

Por la mañana, a la orden del rey, los cazadores arrojaron sus armas a la hoguera. Las mujeres y los más piadosos veían en el rey al enviado de que hablaran los antepasados de la tribu. Y por eso lloraban como nunca antes habían llorado. Cuando la ceremonia estaba punto de concluir, y las armas habían sido quemadas, llegó a la gente lentamente un hermoso y gigantesco ciervo, tocado con una espléndida cornamenta y embellecido por un par de ojos negros y bien profundos. El animal se detuvo ante la hoguera y se sentó junto a ella y esperó.

Así fue que ocurrió lo terrible: uno de los varones llegó con una lanza que había ocultado y, ante la mirada sorprendida del rey, de las mujeres y de los niños, atravesó el cuello del animal y le dio muerte con otros calculados golpes. El rey elevó los brazos y lloró con el llanto corriente, de cuando uno esta afligido por los hombres. Y otra vez cambió su expresión, y otra vez sonó de su boca una voz extraordinaria, que dijo:

-Era el enviado.

Todo lo demás ocurrió pasmosamente rápido. El pueblo se desmembró. Los que lloraban se murieron de pena. El rey llegó a vivir cien años para poder contar su dolor. La historia de los zawatos terminó para siempre. Quizás otros hombres aprendan la lección sin necesidad de llorar.

Primera semana de octubre de 1935, la voz de la cascada.

Un habitante de Kurzed me llevó cierta vez a observar una cascada que baja de las rocallosas serranías que adornan las inmediaciones de la ciudad. Antes de emprender el viaje me aseguró que asistiría a un evento como muchos otros, pero con algo de diferente. Que nunca lo olvidaría.

Al llegar a cierto punto de nuestro paseo, oímos el torrente que serpenteaba sobre su cauce de rocas. Todavía no había surgido ante nuestros ojos el río, pero ya sentíamos el aire fresco y confortante, como un rocío. Mi amigo no dejó de hablarme en todo el viaje. Me narró con mucha exactitud las peculiaridades de esos parajes. Yo sentía que todas esas descripciones no eran lo más importante. Que había algo más.

En efecto, detrás de una amplia enramada surgió ante nuestros ojos una garganta de granito desde la que caía una cascada. La caída de agua era muy vivaz. Muchos pequeños pájaros se posaban en las rocas del borde para disfrutar de un delicado baño entre vuelo y vuelo. A poco de comenzar a entibiarnos en aquella paz, algo portentoso ocurrió: de la cascada surgió una voz femenina dulce y penetrante que repetía, a intervalos de pocos segundos, la palabra "ana". Para mi amigo, y como pude confirmar luego, para ninguno de los naturales de Kurzed, ese nombre propio de mujer, Ana, tenía significado alguno. El me aseguró que la gente creía que esa escena tenía lugar siempre que un extranjero se acercaba a contemplarla. Y decía que mi visita había confirmado la creencia una vez más. Este bello delirio de la naturaleza envolvía un misterio delicado. Algo que me inspiraba amor. Así se lo hice saber a mi amigo, pero él se rió mucho y me aseguró que otros extranjeros habían sentido lo mismo. Pero que nadie había llegado jamás a comprender el enigma.

Muy resueltamente le solicité a mi guía que nos encamináramos hacia la ciudad. Así lo hicimos. Cuando llegamos comencé una rápida investigación entre los pobladores. Quería encontrar a Ana. Infortunadamente no había mujer alguna que llevara ese nombre.

A la mañana siguiente partí solo en dirección a la cascada. Cuando llegué la vi, igual que antes, con sus flores de espuma, con su largo llanto. Dulce y melancólica como una novia abandonada. Como cada vez que se aproximaba un extraño.

Miré a mi alrededor, y cuando me convencí de nuestra completa soledad, la cascada, desde sus aguas rosáceas, cantó el nombre Ana una y otra vez. Yo aguardé y repetí, con voz viva aquel bello nombre de las mujeres de mi país. Pero no sucedió nada extraordinario.

Entonces me di cuenta del drama de la cascada, y tomando aire en los pulmones grité una sola vez, "Juan", mi nombre. Y el milagro sucedió: las aguas de la cascada enrojecieron de pudor. El nombre de un varón la hacía estremecer. Era en verdad una novia abandonada.

Al regresar a la ciudad venían conmigo las aves curiosas y en mi bolsillo una botella llena con el agua de la cascada. Todavía la conservo.

Había comprendido el amor de que son capaces las mujeres, antes de conocer el amor de que es capaz una mujer, la que hoy es mi esposa.

7 de febrero de 1936, el hombre en el agujero.

A dos horas de viaje en mula desde la ciudad de Nenent hacia el poniente, encontré el minúsculo volcán apagado. Una y otra vez pasé sobre él sin caer en la cuenta de que había pisado la morada de un hombre. ¿Cómo hubiera podido llegar a pensar en eso si el diámetro del volcán tenía escasos veinte centímetros? Si poco después me di cuenta de la situación fue debido a que sorprendí al hombre en cuestión entrando allí. Era un hombre gordo pero muy ágil, al extremo de penetrar a través de aquel reducido pasadizo.

Como al principio algo en mí no quería admitir la prueba que me daban los ojos, permanecí mudo y expectante. Luego me acerqué al agujero y miré a través de él. Un ojo de color azul intenso me miraba del otro lado. Una voz grave me preguntó qué buscaba. Quizás porque yo no sabía qué decir y demoraba en responderle, el hombre de los ojos azules en el agujero me preguntó a mí. Me preguntó porqué me extrañaba tanto si yo mismo cabía en un mundo tan terriblemente pequeño. Mientras yo pensaba qué había querido decir con esas palabras tan extrañas, el hombre gordo salió del agujero y dijo:

-Ahora sí debe sorprenderse de que dos hombres, usted y yo, quepamos en un mundo tan estrecho, cada vez más pequeño.

Asentí moviendo la cabeza y no dije nada. El hombre gordo me propuso un enigma. Me dijo:

-¿Quién es aquél que posee cinco patas y usa una, seis ojos y mira con el entrecejo, que se alimenta de piedras y cantos rodados y no conoce el mar?

Ante este problema absurdo permanecí mudo e inmóvil. El hombre gordo abrió los ojos y con aire de sabiduría dijo:

-¿Lo ve? Usted vive en un mundo demasiado pequeño.

Una vez que dijo ésto penetró en en agujero. Yo me quedé pensando que su mundo debía ser muy amplio. Así estaba, hundido en mis pensamientos, cuando oí unas risas provenientes del agujero. Luego vi un dedo índice que salía de allí que me señalaba y oí la voz inconfundible del hombre gordo, que le decía a un desconocido, aunque previsible compañero de habitación:

-Ese no supo responderme cuando le pregunté acerca de usted.

Al regresar en la mula a la ciudad de Nenent, tomé mi cuaderno de viajes y anoté:

"Quisiera que alguna vez alguien me explicara porqué la mayor parte de las cosas que conozco dependen de los agujeros".

10 de junio de 1936, el casamiento de la reina.

Bordeaba un pozo de agua, allá en la llanura del Feiser, donde aprendí el difícil arte de hablar con las abejas. Iba pensando en escribir todo lo que había aprendido y no venían ideas a mi mente. De improviso unos zánganos expulsados de la colmena se me aproximaron y en una lengua triste y temblorosa me pidieron que los ayudara a recuperar el afecto de la reina.

Es mejor que empiece por contar todo lo relativo a mis experiencias con el idioma de las abejas. Es necesario que me refiera en primer lugar a las flores. Me explico: durante muchos años me había fascinado el diálogo que hay entre las flores y las abejas. Había observado que las flores ofrecen sus cuerpecitos delicados a las atareadas abejas con mucha alegría. Pero no me había detenido a investigar la forma en que se relacionaban unas con otras.

Una vez que me encontré en la llanura del Feiser todo cambió para mí. Hay allí muchas flores maravillosas, flores caballo y flores carruaje, flores torta de cumpleaños y flores velas de cumpleaños encendidas, y tantas otras magníficas. Me llamó la atención que ninguno de los habitantes de aquel lugar parecía prestarle atención a tales prodigiosas hijas del reino vegetal. Y eso me alarmó. ¿Cómo podía ser que ante tanta belleza los hombres no reaccionaran? ¿Cómo podía alguien dejar de admirar la obra más colorida de la naturaleza? Estas preguntas y muchas otras permanecieron sin respuesta por mucho tiempo.

Una tarde comencé a investigar. Una tarde de primavera. Las tardes de primavera en la llanura del Feiser son diferentes, ni más ni menos agradables que en otros lugares, sólo que algunas cosas ocurrían exclusivamente allí y en ninguna otra región de este mundo. Por ejemplo: los gallos silbaban a la hora del té. Nadie supo informarme porqué ridícula razón los gallos silbaban a las cinco de la tarde. Lo cierto es que eso ocurría. Y como si eso fuera poco también ocurrían otras cosas extrañas.

Los trenes se detenían en las vías y se rehusaban a andar cuando llegaba la noche. Los panes se cocinaban solos, sin necesidad de meterlos en el horno. Yo, que me había preguntado muchas veces por la razón de esos prodigios, gracias a un gallo silbador comencé a comprender, al menos lo relacionado con la forma en que se comunicaban las flores y las abejas.

Como venía contando, un gallito color fuego se puso a silbar en una huerta, junto a un jardín, mientras yo paseaba por allí. Como el silbido era muy molesto y prolongado, me refugié bajo una flor de campanilla del tamaño de un buey. Una abeja entró en ese momento en la flor y allí se produjo una curiosa conversación. Debido a alguna condición especial de la flor, cada zumbido de la abeja era repetido por el eco que producía la hondura de aquella. La abeja cambiaba el tono del zumbido una y otra vez y la flor reproducía fielmente cada uno de los sonidos. Una vez hecho este descubrimiento me puse a reproducir junto a la flor el zumbido de la abeja. Para mi sorpresa comenzamos a dialogar. Aunque, claro, yo no entendía lo que nos decíamos.

Fue entonces que lancé eufóricamente una exclamación. Dije: "¡cielos!" Para mi sorpresa la abeja repitió correctamente esa palabra. Pronuncié una tras otra distintas palabras breves y la abeja las repitió en el mismo orden.

Esa es mi historia. Simplemente había dado algunos pasos en dirección al conocimiento del idioma de las abejas y a su inteligencia. Como dije antes, venía pensando en escribir sobre esto, cuando los zánganos malheridos llegaron a mí y me conmovieron con la solicitud de que hiciera de mediador entre ellos y la reina. La cosa comenzó curiosamente en que me vi envuelto en una nube de estos insectos. Para escapar al temido ataque me puse a imitar con la voz sus zumbidos. Pronto nos pusimos a charlar. Aunque, naturalmente, yo no comprendía el significado del diálogo. Pensé que cada zumbido podía ser una palabra del idioma de las abejas. Pensé en repetir la experiencia que había vivido antes en la flor de campanilla gigantesca. Empecé por pronunciar la palabra "si". Moví la cabeza de arriba abajo. Al principio los zánganos repitieron la palabra correctamente, pero no el gesto de la cabeza. Insistí una y otra vez, hasta conseguir que el escuadrón de zánganos volara de arriba abajo y de abajo arriba. Tomé una pequeña violeta con forma de perdiz y moví la cabeza en señal afirmativa. Ellos me imitaron con su vuelo. Llevé la flor a mi nariz y moví la cabeza afirmativamente. Los zánganos volvieron a imitarme. Luego arrojé la flor al suelo y tomé un terrón y lo aproximé a la boca. Con gesto de disgusto moví la cabeza a los lados. Dije una y otra vez "no". Poco a poco los zánganos me comprendieron y volaron horizontalmente de izquierda a derecha y de derecha a izquierda y dijeron "no".

Me había puesto a pensar cómo podría continuar enseñándoles el idioma humano, cuando, de improviso, oí que una voz me decía:

-¡Señor! ¡Señor! No se preocupe más.

Miré a mi alrededor sorprendido. No alcancé a ver a nadie más. La voz volvió a repetir esas palabras. Entonces y sólo entonces me percaté de que provenía de uno de los zánganos.

Asombrado le pregunté:

-¿Usted conoce mi idioma?

Otro zángano habló y me dijo:

-Hace mucho tiempo vivió una reina muy buena en una de las colmenas. Ella se encariñó tanto con un buen apicultor que vivía en el país por entonces, que llegó a aprender el idioma humano, eso sí, tras un gran esfuerzo. La reina, que era muy sabia, recibió a las otras abejas de las otras colmenas y las instruyó en esta nueva lengua. Con el tiempo se establecieron firmes vínculos con aquel apicultor único, que no fertilizaba con sustancias químicas ni usaba insecticidas. Aunque toda nuestra generación aprendió vuestro idioma, una vez muerto el apicultor decidimos reservar ese conocimiento para comunicarnos con otro apicultor que fuera tan bueno como aquél. Pero no encontramos a nadie parecido. Como hoy conocimos a alguien intentando comunicarse con las abejas, a usted, decidimos hacerle un planteo sobre algo que nos tiene muy afligidos. Nuestra reina rehúsa casarse con alguno de nosotros. Si eso ocurriera la colmena desaparecería. Le pedimos encarecidamente, señor, que haga de mediador entre nosotros y la reina. Como siempre, ahora también estamos dispuestos a morir por el amor de la reina. Sólo aspiramos a que ella celebre sus esponsales con el zángano que prefiera y asegure la continuidad de nuestra comunidad. Ese es nuestro drama, señor. Sea bueno y sírvanos de representante y mediador.

Por unos instantes reflexioné sobre lo que me pedían los zánganos. No podía negarme. Era una cuestión de humanidad, o, mejor dicho, de hombres y abejas. Me dejé conducir a la colmena que colgaba sobre la rama de un naranjo. Allí me aposté, dispuesto a hacer el supremo esfuerzo de hacer cambiar de parecer a la reina. Las obreras y las de la guardia me dijeron que no la molestara, que la reina se encontraba en sus habitaciones, retirada del mundo y lejos de los zánganos. Insistí con resolución. Tras persistir un buen rato, oí un sonido de trompetas y asomó la cortesana, a la que algunas servidoras ya habían informado de mi visita. Me preguntó con amabilidad:

-¿Qué desea usted?

Le dije muy solemnemente:

-Es un asunto de vida o muerte.

A continuación le expliqué los serios motivos que

existían para que ella respetara la tradición de las abejas y se desposara con un zángano. Ella se mostró muy dura al respecto. Me dijo:

-¡Todos los zánganos son iguales! No podría elegir.

Yo le hice ver que en ese caso, ya que para ella todos eran iguales, hiciera un sorteo.

Muy dolorida me preguntó:

-¿Y el amor? ¿Qué del amor?

Pensé que la reina tenía razón y tras mucho reflexionar le sugerí que hiciera un torneo del saber. Ella me dijo que en cuestiones del corazón el intelecto no cuenta. Entonces le dije:

-Ordene que todos los zánganos se presenten ante usted y hagan lo que mejor hacen: canten, bailen, reciten poemas, pinten.

Me dijo:

-No es talento ni habilidad lo que cuenta en el amor.

Se trataba de una situación muy espinosa y yo no daba con la idea adecuada. Entonces fue que comenzó a llover y la reina de las abejas y su séquito y hasta los mismos zánganos, descuidados por la guardia, entraron a la colmena.

Yo me retiré un momento bajo la sombra del naranjo a guarecerme de la lluvia. Cuando el aguacero amainó, me volví a acercar a la entrada de la colmena. Se había producido un gran cambio. Vi asomar a la reina y a un zángano muy feliz seguidos de la corte de los otros zánganos algo más atrás. Al principio pensé en preguntar qué había ocurrido ahí adentro. Pero la reina, antes de que hiciera la pregunta, me dijo dulcemente:

-Viví mucho tiempo recluida en mis habitaciones sin oportunidad de conocer directamente a los zánganos. A causa de haber abandonado mi reclusión para hablar con usted, y como se precipitó la lluvia tomando de sorpresa a la guardia, fue que los pícaros zánganos entraron a la colmena. Así tuve oportunidad de conocerlos personalmente y de hablar con cada uno de ellos. Entre todos me agradaron las alitas de éste, mi príncipe. El flechazo fue inmediato. Él movió las alitas y me conquistó. Decidí celebrar nuestros esponsales inmediatamente, no sea cosa que se me vaya otra vez el entusiasmo. Gracias por todo.

Les deseé felicidad y me retiré. No quise interrumpir la intimidad de la ceremonia nupcial. Pensé que debía ser discreto y prudente como siempre había sido con las cosas del corazón. Y ahora que cuento esta historia desearía recordarles a los que conozcan esta narración y que, como la reina, desean el amor verdadero, que en toda mi larga vida no he conocido una sola pareja que sobreviva al primer flechazo. Hasta la propia reina dudaba de si su sentimiento sería duradero. No niego el valor de la atracción, pero sostengo el valor probado y superior del conocimiento mutuo y de la amistad. Pero no debo meterme en cuestiones en las que mi esposa también tiene una opinión diferente.

Ahora regreso a mi mundo con un tesoro de historias y de experiencia y con una flor corderito que guardé en el cuaderno donde las anoto. Llevo también semillas. Espero que germinen en mi país. Espero vivir para contarlo.

VIII

Recuerdo que al final de las narraciones extraordinarias de los viajes del padre de don Iván, se hizo un silencio muy largo. Todos estaban sorprendidos. Era muy imaginativo todo lo que el buen viejo nos leyera.

Don Iván extrajo de sus bolsillos un pañuelo blanco y muy largo, del tamaño de una sábana de cuna, y comenzó a sonarse la nariz muy desafinadamente. Creo que de esa manera intentaba ocultar su llanto. Estaba emocionado, había sacado a luz los escritos de un gran viajero desconocido que no había dejado indicación alguna acerca de cómo llegar a los extraños parajes en los que había vivido aquellas extraordinarias aventuras.

La platea estaba sorprendida por las revelaciones y noticias de un mundo que quedaba en alguna parte del nuestro, acaso en una parte muy íntima, cerca del corazón del mundo de don Iván, muy cerca del mundo de los niños del pueblo. Yo imaginé las otras historias que él debió haberle escuchado narrar a su padre, los recónditos lugares en el planeta donde se tropezó con hombres árboles, tal vez, o los desiertos de cabello gris por donde pasaban inmensas caravanas de dromedarios sin dueño, sin rumbo fijo, extraviados, deambulando de un lado para otro, de un oasis de agua de rosas a otro, en una interminable procesión al final de la cual daban con un hombre, o mejor con una mujer viuda y pobre y se ponían en sus manos y le cambiaban la vida para siempre. Debió contarle historias de volcanes apagados en cuyo interior habitaran hombres tímidos y apartados del ruido del mundo, que hubieran llegado allí escapando de la amenaza de una guerra o de una invasión. Habitantes del seno de la tierra que se alimentaban de hongos y líquenes y de raras especies ciegas, sordas y mudas que afortunadamente para ellas carecían de algún tipo de sensibilidad por lo que no proferían un solo quejido cuando eran sacrificadas. Las ciudades del volcán eran como grumos de levadura y en ellas se apiñaban familias enteras de exiliados de la superficie de la tierra. En sus hondos y preservados refugios debían de jugar a los naipes buena parte de sus días. ¡Tal vez hubieran inventado las barajas más fantásticas, con las que adivinaban las suertes, o tal vez los naipes mismos mostraran en su anverso escenas de la vida futura del consultante!

Nuestra imaginación de viajeros de los sueños nos llevó lentamente a hacernos más y más preguntas sobre la aventura de aquel hombre extraordinario de quien nos hablara don Iván.

A algunos de nosotros nos picó la curiosidad de saber si el padre le había dejado la botella con agua de la cascada y las semillas maravillosas. Cuando le hicimos la pregunta, don Iván se puso muy triste y nos contó la siguiente historia, que no estaba en sus planes narrarnos.

IX

Mi padre guardó la botella del agua de la cascada cantarina cuidadosamente en el baúl que empleaba para todos sus viajes. Las semillas las puso en un bolsillo de su chaqueta, al que cosió convenientemente para que no se le perdieran. Guardó durante muchos años estos secretos. Recién cuando constituyó su familia, y nosotros, sus tres hijos, crecimos lo suficiente para conocer estos relatos, vino a ocurrir que dispuso las cosas de manera que tuviera lugar el acontecimiento más importante en la historia de nuestra familia. Un domingo de Pascuas, sentados los cinco a la mesa, mi padre nos leyó estas narraciones de viaje y después extrajo la botella en cuestión y el puñado de semillas. Nos hizo levantarnos de la mesa y acompañarlo hasta el jardín. Y allí hizo un agujero en la tierra, junto al rosal, y sembró las semillas. Las cubrió de tierra y para terminar el acto tan notable, las regó con el agua de la cascada que había traído en aquella botella. Pero por entonces mi padre tenía un poco de reumatismo que hacía que sus movimientos fueran inseguros. Ocurrió, en una palabra, que el agua se volcó sobre el rosal. Rápidamente los niños hicimos una canaleta con nuestras manos para que lo que quedaba del agua de la cascada llegara sobre las semillas cubiertas de tierra. Pero no conseguimos que el agua avanzara mucho por la pequeña canaleta. Mi padre, que había esperado tantos años para sembrar las semillas de la flor de corderito en nuestro jardín y luego regarlas con agua de la cascada parlante, se quedó muy asustado. Dijo que podía ocurrir cualquier cosa: por ejemplo que las rosas se pusieran a gritar "Ana". Dijo que a él siempre le había parecido que unas flores de corderito que cantaran "Ana" eran más lógicas y que no llamarían tanto la atención. Que esa palabra, Ana, se parece a la voz de los corderitos. Nosotros pensamos que de una manera u otra, una rosa o una flor extraña con forma de animal, que dijeran un nombre de mujer, no dejaba de ser siempre algo muy extraño. A pesar de que lo pensábamos no le dijimos que la idea de que nuestro rosal se pusiera a cantar en lugar de una flor desconocida, no nos desagradaba para nada. Pero nuestro padre, que era muy supersticioso, arrancó el rosal de raíz y lo quemó. Y después arrojo las brasas encendidas sobre la tierra que había mojado el agua de la cascada. Como resultado de todo esto, jamás pudimos saber si el plan de papá hubiera llegado a funcionar si la cosa hubiera continuado adelante. Sin embargo, eso sí, les aseguro que, una tarde, cuando una oveja del vecino se había acercado a nuestro jardín, la vimos mirando muy fijamente el lugar donde estaban sembradas las semillas de flor de corderito. Isabel, mi hermana menor, jura y rejura que la oyó balar pronunciando la palabra Ana.

Las semillas nunca brotaron, quizás porque en aquellas tierras lejanas donde mi padre las obtuvo existen condiciones muy especiales, que no se encuentran en nuestras tierras. O quizás porque algún bichito se las hubiera comido.

Eso es todo cuanto les puedo decir de la botella con agua de la cascada y las semillas de flores de corderito que mi padre trajo a casa de aquellos viajes formidables. Aunque no lo crean, en alguna parte del mundo él las encontró y es seguro que en esas circunstancias él viviera las increíbles aventuras que les acabo de leer.

X

Al otro día, en la escuela, la señorita Poema nos hizo muchos comentarios elogiosos del certamen. Dijo que estaba feliz de que tanta gente viniera al pueblo. Que ahora podría ocurrir que algún señor importante nos descubriera y supiera que existimos de verdad. Que si el buen Dios lo quería podía ocurrir que nos dieran una mano, incluso que pusieran vidrios a las ventanas de la escuela. Habló muy elogiosamente de don Zoilo. Dijo que había hecho muy bien la presentación y que el techo y los bancos estaban primorosos. Que era un buen organizador. Nosotros estábamos sorprendidos de oír esas palabras sobre el comisario. Hasta ese día la señorita Poema se negaba a hablar de él. Y como les conté, para nosotros era muy importante que se hicieran novios. Teníamos la seguridad de que así la maestra se iba a quedar para siempre en el pueblito. Teníamos el sueño de que, con la ayuda del buen Dios, alguna que otra cosa cambiara en la vida de don Zoilo que lo acercara definitivamente al corazón de nuestra maestra. Realmente imaginábamos un final de novela para estos dos solitarios y vigilantes vecinos de nuestro pueblo. Si don Zoilo adelgazaba su barriga mental y se avenía a los sentimientos puros y bellos de la maestra, y si la señorita Poema le ayudaba a sacarse tanto peso de encima, seguramente nuestro secreto deseo se habría de cumplir para felicidad de todos.

La señorita Poema nos pidió que cada uno de nosotros redactara una composición sobre el certamen. Que la debíamos tener pronta para el día posterior al cierre del evento, cuando hubiéramos oído todos los cuentos y conocido a toda esa gente diferente que nos visitaba. Esa tarea nos llenó de alegría. Esa misma tarde, antes de la hora del concurso, me puse a escribir la composición. ¿Saben una cosa? Esto que están leyendo es el resultado de haberme puesto a escribir aquella composición. Empecé con unas pocas líneas y terminé con un mamotreto de hojas y letras. Y aunque tenía sólo trece años, no me resultó pesado el escribir. Por supuesto que, con el correr del tiempo mejoré bastante la redacción, hasta redondear este relato.

Escribir nos ayuda a desarrollar nuestras mejores capacidades. Nos ayuda a suprimir algunos de nuestros errores más reiterados. Incluso existe una clara correspondencia entre algunos errores ortográficos y nuestros miedos, prejuicios, furtivas esperanzas. Con el tiempo descubrí que no le ponía tilde a las palabras por temor a ser descubierto por los demás, para pasar desapercibido. Descubrí también que no le ponía puntos a la jota por la supersticiosa idea de que un punto semejante se parecía a una suciedad, a una mancha, que revelaba mi propio descuido, el descuido que tenía sobre mi arreglo personal, mi desaliño de muchacho atropellado y lleno de vergüenzas. Descubrí que no sabía emplear la hache con naturalidad debido a que la idea de comenzar por el silencio, como en el caso de esa letra, me conturbaba. Empezar por callar y prestar atención, hacer silencio en la mente y permitir que un pensamiento puro y claro se definiera en su interior era para mí un gran desafío. Mi mente siempre estaba en ebullición, andaba a los saltos de un punto a otro sin pasar por hache alguna, hasta que me adentré en la profundidad del bosque de la vida y experimenté el silencio inmenso de la soledad del interior de ese, mi propio bosque, y allí descubrí, bella y siempre alerta, a mi primera hache, la primer letra hache que ubiqué correctamente al comienzo de la palabra hermano. Pasaron muchos años para que la descubriera, a la salida del bosque de la soledad, en la inemnsa ciudad a la que me mudé luego, al encontrarme con un amigo de verdad, con un hermano que la vida me dio, con un hombre con hache y con un sagaz corazón que iluminaba mi vida con sensatez exquisita. ¿Dudan de que las faltas de ortografía tengan algo que ver con nuestras propensiones emocionales? Hagan la prueba por resolverlas definitivamente y verán los resultados ¿Por qué no hacen la prueba? En todo caso, aunque yo no tenga razón, puede que terminen por mejorar la ortografía y eso les de coraje para darse a conocer a través de cartas y escritos, con los que más y más personas se pongan en contacto, de pronto a la salida del inmenso bosque de la soledad en que todos vivimos temporariamente. ¿Quién les dice que a la salida de ese bosque, las palabras justas y claras los lleven de la mano al encuentro de una hermana o de un hermano, de una hija, de un hijo pequeño y ruidoso, de un horno y de una horma de pan, de un hogar encendido, de una honesta casa para vivir. De una huella que seguir a través del bosque interior que les lleve paso a paso hasta la espléndida morada del Hijo de Dios, allí, en el centro de vuestro corazón.

XI

Aquel hombre calvo, de piel lustrosa y labios casi blancos, se acomodó junto al comisario. Parecía que cargaba con un dolor indescriptible, con una pena vieja y costosa que lo tenía casi acabado.

Se presentó respetuosamente y nos dijo que su cuento era la historia de un viaje al país del crecimiento. Nos aseguró que él había oído hablar de ese país desde muy niño, cuando tenía nueve años, y también que cuando le contaron la historia que hoy nos iba a relatar, él decidió hacer la prueba e ir allí. Nos narró que ya hacía un tiempo había perdido la memoria de los años que van desde los diez a los cuarenta, y que ahora que tenía sesenta y uno, no podía establecer con exactitud si había hecho el viaje o no. Dijo también que hacía unos meses había tenido en sus manos un dedal del tamaño de una tetera. Como nadie le explicó la razón del milagro, él terminó por pensar que el dedal había crecido hasta ese tamaño gracias a que lo habían llevado al país del crecimiento. Explicó también que no vio la mano del dueño del dedal, pero que es posible que esa mano tenga dedos largos como los postes de los arcos del balompié.

Después de tan larga introducción y mientras los perros ladraban a lo lejos, por las pulgas o por el calor o vaya a saber uno porqué, se puso este hombre triste y hablador a contarnos su cuento. Durante todo el tiempo que le llevó la narración, este hombre no dejó de acariciarse la calva lustrosa. Parecía la panza de un lechón, el vientre de una bañera de metal esmaltada de blanco, en la que había quedado prendido algún pañuelo de mujer, pequeño y colorido.

Cuando al final conocimos el cuento, pensamos que la historia le había ocurrido a él y de alguna manera eso nos hizo pensar que el mundo está lleno de países donde ocurren cosas increíbles, sin que nadie pueda hacer nada al respecto. Incluso que al propio mundo le llena de placer contar con países como los del cuento en que todo lo que en ellos puede ocurrir nos hace dudar de la eficacia de las fronteras, físicas y espirituales, en nuestro largo viaje de peregrinos por la vida.

Aunque desfilaron otros seis concursantes la segunda tarde, y tomé nota de todos los cuentos entonces y durante todos los días del certamen, resolví, para no hacer la composición muy larga, copiar aquellos que me parecieran los más bonitos. De esta segunda tarde también incluyo el que nos contara un vecino del pueblo, muy dicharachero y simpático, al que los muchachos llamábamos "Botella de soltero", porque siempre estaba medio lleno de vino.

XII

Una noche de invierno llegó a una posada pobrísima del país del ocio un hombre de espaldas muy anchas. En el país del ocio las espaldas anchas configuran una prueba indudable de que se trata de un extranjero.

-¿De dónde es usted? -preguntó el posadero.

-Soy del país de la moderación -respondió el interrogado.

El posadero oyó la respuesta del hombre de las espaldas muy anchas pero no creyó en ella.

Inmediatamente entró a la posada un desconocido que lucía brazos y piernas muy largos y muy musculados.

-¿De dónde es usted? -le preguntó el posadero.

-Soy del país del descanso -respondió el forastero.

El posadero tampoco creyó en esta respuesta, pero como acertó a llegar un tercer desconocido, debió mirar hacia la entrada de la posada. El hombre que ahora entraba en ella tenía las manos muy esbeltas y los dedos muy largos.

Otra vez el posadero quiso saber de dónde venía este hombre con esas manos tan espigadas y le preguntó:

-¿De dónde es usted?

-Soy del país del recato -respondió el cliente recién llegado.

Una vez más el posadero no se dio por satisfecho con la respuesta. Los tres desconocidos parecían ocultar algo, algo que los hacía sospechosos a sus ojos. Pero no dijo nada, por discreción.

Había en la posada otro hombre, delgado y de espaldas curvas, bien vulgar, propiamente un ciudadano del pais del ocio. Este hombre llamó al patrón varias veces, pero advirtió que éste estaba concentrado en la observación minuciosa de los tres forasteros. Comprensivamente, este parroquiano se acercó donde el patrón y le habló:

-De seguro usted ignora que esos tres extranjeros acaban de llegar de sus viajes al país del crecimiento. Un país donde todo crece, crece...

El posadero oyó atónito aquella explicación y sintió en su interior renacer una esperanza, una vieja esperanza. Algo le decía que debía ir a conocer ese país del crecimiento. Se palpó la calva brillosa y soñó con recuperar la otrora bella y rubia cabellera. Pidió instrucciones y mapas para hacer el viaje y, esa misma noche, cerró la posada, echó a todos sus huéspedes, y partió.

El tiempo pasó. El cuarto parroquiano, el que había informado al dueño de la posada de la existencia de un lugar tan prodigioso, acertó a pasar otra vez por la posada ya transcurridos tres años desde aquella noche, y al encontrarla abierta, se decidió a entrar. Observó las mismas mesas y los mismos mezquinos adornos y al mismo posadero, idéntico a como estaba antes, con su vieja calva intocada. El parroquiano se le acercó y comenzó a preguntarle sobre aquel viaje que tiempo atrás el posadero había emprendido con la esperanza de ver crecer su cabello.

-Venga usted conmigo -le dijo el patrón.

Ya en la habitación contigua se desnudó ante los ojos sorprendidos de su compatriota, y le preguntó:

-¿Se da cuenta usted?

-Pues no -respondió el parroquiano-, en verdad que no

me doy cuenta.

Entonces el posadero explicó:

-La cuestión es que el primer extranjero de aquella noche llegó al país del crecimiento con una espalda ya moderadamente amplia. El segundo extranjero llegó a aquel país donde todo crece con brazos y piernas más bien fuertes y largos y el tercero con manos y dedos ya bastante esbeltos. Pero yo, yo llegué "sin" un solo pelo en la cabeza. ¿Advierte usted ahora el efecto que tuvo en mi constitución aquel viaje a un país donde todo crece según su inclinación natural, su tendencia? ¿Se da cuenta que en mi creció la desnudez, la peladera?

El parroquiano cayó en la cuenta que, en efecto, el posadero había perdido todos los pelos del cuerpo, y, sin saber qué decir, para consolarlo le preguntó:

-¿Y no tiene usted otra cosa que le sobre o que le falte?

XIII

Antes de contarles el otro cuento del segundo día del certamen, como les prometí, es necesario que les relate algo muy curioso que ocurrió cuando aquel señor pelado terminó de decir el suyo. Por detrás del estrado apareció un hombre muy viejo, todo rapado, que también se había inscripto para la competencia. Sin mediar palabra se le arrojó encima al cuentista, gritando:

-¡Me lo robó, me lo robó!

Don Zoilo consiguió separarlo y, cuando estuvo un poco más tranquilo, ante la audiencia asombrada contó su historia:

-Cuando éste tenía nueve años yo acababa de llegar de mi viaje al país del crecimiento. Como era amigo de sus padres, un domingo en un almuerzo campestre les conté mi relato de viaje. Aquel niño de nueve años se mostró muy sorprendido y quiso conocer algo más de aquel apartado rincón del planeta. Es probable que en los años posteriores él haya hecho el viaje también. Pero lo que no sabe es lo que ocurre cuando pasan sesenta años y sesenta días desde que uno visita aquel lugar. ¡Por eso me resulta tan irritante escucharle contar un cuento que, en realidad, todavía no terminó! Y mal podrían ustedes justipreciar un cuento que no se termina, un cuento a medio relatar, un cuento mal hecho, en consecuencia.

El comisario, interpretando el sentimiento de toda la platea, le preguntó qué había querido decir con eso de que el cuento no estaba terminado.

El anciano que se había rasurado la cabeza, se quitó el saco, la camisa roja y azul y la camiseta interior y dejó ver, en el centro del pecho una mata tupida de pelo negro. Y, sin que pudiera reaccionar a tiempo el comisario, comenzó a sacarse los pantalones. Cuando estaba a punto de bajarse los calzoncillos, el comisario reaccionó y lo detuvo a los gritos, diciéndole para calmarlo:

-¡Entendemos! ¡Le entendimos muy bien! No es necesario que nos muestre nada más: por lo visto pasados sesenta años y sesenta días desde que alguien pelado llega a aquel país del crecimiento, vuelve a nacerle el pelo. Parece algo muy extraño. ¿Sabe a qué se debe ese capricho de la naturaleza?

El viejo rapado abrió los brazos y dijo, muy emocionado:

-Por lo que conozco del caso, y dado que me encontré en estos años con otros viajeros que conocieron aquel país, el país del crecimiento se va olvidando de las peculiaridades de cada hombre que pasa por él. Le viene como una amnesia especial, la memoria le da para sesenta años y sesenta días con cada persona. Aquellos tres parroquianos del cuento, por ejemplo, murieron antes y no llegaron a ver cómo las cosas volvían a su lugar: cómo los brazos, las piernas y los dedos retornaban a su largura original una vez transcurrido ese tiempo. Este sí es el fin del cuento, a menos que...

-¿A menos qué...? -preguntó curisoso el comisario.

-A menos que dentro de algún tiempo el país del crecimiento se vuelva a acordar de lo que en mí tendía a decrecer.

Cuando fueron calmados los ánimos y los dos viajeros conversaron amistosamente, el comisario invitó al más viejo a contar su cuento.

-Consideren que mi cuento es un cuento del país del crecimiento que a diferencia del que este otro les contó, no se sabe cuándo y cómo va a terminar.

-¿Y eso es todo lo que nos va a contar? -preguntó algo contrariado el comisario.

El viejo calvo pensó durante unos segundos y después, con el rostro sonriente nos dijo:

-Sólo una recomendación para terminar: no vayan al país del crecimiento los que tienen tendencia a perder la memoria, ni el sueldo, ni las novias, ni los botones, ni los amigos, ni la pista que los lleva de vuelta a casa.

XIV

"Botella de soltero" era un vecino suelto de lengua que nunca nos había mostrado especiales cualidades para el arte de contar cuentos. En realidad no había mostrado especiales habilidades para nada importante. Sencillamente le escapaba toda responsabilidad. No se podía contar con él para nada. Se las arreglaba para estar siempre ocupado, de viaje por algún lugar alejado, o debiendo cuidar de algún tesoro enterrado en su cocina que le impedía acercarse a los vecinos y contribuir con las necesidades de ellos.

Curiosamente esa tarde apareció fresco, sobrio, con una peinada reciente y la ropa limpia. Se veía que aquella magnífica oportunidad de dar a conocer una de sus ocultas habilidades lo había renovado. Llevaba una flor en el bolsillo de la camisa. Nos saludó con respeto. Se acomodó en el estrado, junto al comisario, y nos mostró, por primera vez, que tenía una voz hermosa. Una voz no afectada por el vino. Una voz fuerte y sonora. A causa de esto tiempo después le consiguieron trabajo en la venta de periódicos en la ciudad del norte, en una época en que mucha gente confiaba en las noticias que el vendedor de diarios voceaba y por las que se animaban a comprar algún ejemplar. Desde entonces ha ido anunciando a gritos los grandes titulares de la prensa.

Más tarde la gente lo estimuló para que se presentara en alguna emisora radial del departamento para relatar partidos de fútbol. Tenía una gran facilidad para imitar las voces de los relatores en boga, lo que en mi país constituye una verdadera virtud, un don sagrado, aunque no lo puedan creer.

De momento le consiguieron lugar en un coro regional que se reunía cada tres domingos en la capilla de un pueblo vecino. Llegó incluso a cantar una serenata de enamorado por algunos pesos. Si bien esta forma de vocalización dista mucho de ser tan exitosa y estimulante como el relato deportivo, al menos prepara a los vocacionales para superar algunas de las naturales limitaciones con las que todos vinieron al mundo. Por ejemplo, les ayuda a unir su voz a otras voces sin intentar sobresalir, como el gallo del gallinero. Les prepara para entender la vida como un concierto de voces diferentes, en que las diferencias mejoran el resultado de las empresas comunes.

Este hombre con el tiempo dejó de imitar otras voces. Descubrió su propia voz en la multitudinaria y maravillosa voz del coro. Dejó la loca pretensión de relatar partidos de fútbol en un país donde todos gritan las faltas y aplauden los golpes y codazos y festejan los excesos. Dejó una vocación habitual por otra llena de oportunidades de crecimiento. Dejó de mostrarse renuente con los vecinos. Y hasta, dicen, dejó la bebida. Y esto en cuestión de pocos días, apenas unos días después de cantar su primer canción.

El cuento que nos relató jura que lo inventó después de leer lo que le pasó a un hombre santo en Polonia, que como ustedes saben es un país de Europa, hace muchos años. Me parece una historia hermosa.

XV

Una joven que estaba embarazada sintió antojos de comer frutillas. Pero ella y su joven esposo eran muy pobres. Así que no le dijo nada a él para no preocuparlo y se acostó a su lado. Al poco rato se durmió.

Esa noche tuvo un sueño. Veía debajo de un puente muy cercano a su rancho, un puñado de frutillas grandes y tentadoras. Sin hacer ruido se levantó de la cama. Se abrigó y fue hacia allí. Había debajo del puente un viejo muy harapiento durmiendo y a su lado una hermosa fuente de cristal llena de frutillas limpias y sabrosas. Sin hacer ruido recogió la fuente de frutillas y volvió a su casa. Despertó al esposo, le contó lo ocurrido y entre los dos se despacharon las frutillas.

Al otro día, esta joven señora embarazada sintió deseos de comer cerezas. Pero para no inquietar a su esposo no le dijo nada y se acostó. Esa noche volvió a soñar con el puente cercano, debajo del cual alcanzó a ver un puñado de cerezas.

Sin hacer ruido se levantó de la cama y fue hasta el puente. Encontró debajo al mismo viejo menesteroso durmiendo y a su lado una segunda fuente de cristal llena de cerezas. Sin hacer ruido recogió la fuente y se marchó. Una vez en su ranchito despertó a su esposo y le contó lo ocurrido, tras lo cual los dos se despacharon las cerezas a sus anchas.

Al otro día la joven señora embarazada no sintió deseos de comer nada en especial. Esa noche no soñó con el puente. Sin poder controlar la curiosidad, bastante antes del amanecer despertó a su esposo y lo convenció para que fueran hasta el puente a ver si había algo para ellos. Se abrigaron y se dirigieron allí. Se encontraron con el viejo menesteroso dormido muy profundamente, exactamente debajo del puente. Sin pensarlo dos veces lo despertaron y le preguntaron si había visto algo debajo del puente, una fuente llena de comida, por ejemplo. El viejo, muy molesto, les dijo:

-Querías frutillas, tuviste frutillas. Querías cerezas, tuviste cerezas. Como no has vuelto a tener antojos yo esperaba que ya estuvieras satisfecha, pero a pesar de todo cuanto te di me has sacado lo único que me pertenece, lo único que le queda a un viejo mago retirado.

La niña, sorprendida, recordó algo y le dijo:

-¡Te he sacado tus fuentes, claro! Iré por ellas.

-No -dijo el viejo retirado- lo que me sacaste fue el sueño. Para los magos retirados, que se ocupan de los pobres de la tierra, no hay nada más importante que soñar que se hace realidad aquello que los pobres sueñan. He soñado tus frutillas y tus cerezas y, como soy un mago, las convertí en reales. De ahora en adelante soñaré que no me volverás a despertar antes de haber realizado mi tarea.

XVI

La tarde del miércoles le tocó el turno a la maestra amiga de la señorita Poema. Me parece que aquí comenzó a nacer el interés por el comisario. Ocurrió que, antes de comenzar la jornada del certamen, la señorita Poema y su colega estuvieron conversando y se les acercó don Zoilo. Nosotros escuchamos toda la conversación. Don Zoilo demostró que era un hombre culto y lleno de virtudes. La señorita Poema lo escuchaba hablar y lo miraba largamente, como descubriéndolo. Después, cuando la colega concursante ocupó su lugar en el estrado, fueron con el comisario a sentarse juntos. Desde entonces se los veía todas las tardes caminar juntos por el pueblo. Don Zoilo sacaba pecho, pero le sobresalía más la barriga, de todos modos. La señorita Poema estaba interesada en la vida del comisario y en sus opiniones. Nosotros los espiábamos y nos alegrábamos de verdad.

El cuento de la otra maestra nos pareció eso: un cuento de maestra, con moraleja en medio. Para que no se nos olvidara ella misma nos entregó una copia escrita a máquina a cada uno de los mozos y mozas del pueblo. De otra manera no lo hubiera podido contar. Empieza medio complicado y se va aclarando de a poco. No se puede decir que haya sido el cuento más aplaudido, pero, por lo menos para nosotros fue el que más comentarios mereció al otro día en la clase. La señorita Poema estaba feliz de que nos hubiera repartido copias a todos. Lo leímos, lo comentamos. Pasamos una hora hablando de las cosas de la vida. El cuento tenía mucho que enseñarnos. Es un cuento muy parecido a la realidad.

XVII

Nadie ha conocido jamás una tortuga que pudiera posarse sobre las rosas sin estropearlas, como, por ejemplo, lo hacen las mariposas. Nadie jamás habrá llegado a imaginar que algún día a una tortuga se le antojaría ser una mariposa. Sin embargo, una vez sucedió. Y no fue únicamente una tortuga la que tuvo esa ocurrencia. Fueron además: un rinoceronte negro y un rinoceronte blanco, una comadreja, un jabalí y quince nutrias. Y ésto sólo para empezar.

Por otra parte a una manada de elefantes se les ocurrió hacer nido como las golondrinas. A una garza rosada se le dio por adoptar un bebé gorila y criarlo en el arroyo. A una grulla le cruzó por la mente la idea de hacer las cosas que es capaz de hacer un ciruelo, y aunque se pasó el invierno y la primavera con las alas abiertas como si fueran ramas, y con las patas hundidas en la tierra como si fueran raíces, no le salió ninguna ciruela. Por el contrario, dejó de hacer las tareas que debió realizar como grulla y además terminó con los músculos tan duros que pasó los siguientes dos meses como si fuera un árbol y otros dos meses bajando las alas y soportando las bromas de todos los ciruelos.

Pero estos acontecimientos fueron más terribles todavía. Es necesario narrarlos ordenadamente, desde el día en que comenzaron, para que todos puedan tomar sus precauciones por si algo similar ocurre en el mundo. Aunque es muy probable que ya estas extrañísimas cosas hayan ocurrido en alguna parte del mundo. En ese caso, esta narración puede servir de inspiración, o, mejor dicho, los animales deben servir de inspiración para todos los hombres. Pero no para que a los hombres se les ocurra imitar a los animales en todo, sino, precisamente, para que en muchas cosas los hombres ya no imiten a los animales. Y también para que en muchas otras cosas los hombres ya no se imiten unos a otros en la pretensión de hacerse pasar por una cosa diferente de lo que son.

Todo el problema comenzó una mañana en que llegó a la selva un perro. Es muy común que en las ciudades haya perros, porque en general nuestros perros no saben vivir lejos de las ciudades. También es muy común que en los campos que emplea el hombre para las tareas rurales haya perros, porque comúnmente los perros no pueden vivir sin el hombre ni los hombres quieren vivir sin sus perros. Pero lo que no es común es que un perro llegue solo a la selva con la idea de instalarse en ella.

Este perro, no bien se familiarizó con los otros animales, fue divulgando sus opiniones desenfadadamente. Como era un perro de ciudad, sus opiniones eran parecidas a las de los hombres de una ciudad. Se presentó como hábil servidor de un renombrado comerciante del mundo de los hombres, que en sus horas libres gustaba de practicar teatro. Cuando los otros animales le preguntaron a nuestro perro por el significado de la palabra "teatro", éste se paró sobre las patas traseras y caminó con la espalda recta, como su amo. Aunque las demás criaturas de la selva no alcanzaron a comprender el sentido de esa imitación, una viva curiosidad comenzó a apoderarse de sus pensamientos y sentimientos. Como muestra de ello la cebra corrió al pantano y se pintó totalmente el cuerpo con lodo, hasta ocultar las manchas tan hermosas que tienen estos animales, y volvió junto al perro eufórica y le preguntó:

-¿Esto es hacer teatro?

El perro se rió mucho y respondió:

-En cierto modo sí, puesto que te has disfrazado muy bien de caballo, tu pariente cercano. Pero aún falta lo más importante, querida cebra, y lo más importante consiste en imitar visiblemente el trote y el galope que el hombre le enseñó al caballo. Algo así como lo que ahora te voy a mostrar.

El perro sabelotodo se puso a trotar y a galopar como un caballo domado por el hombre. La cebra inmediatamente captó el sentido de la expresión "hacer teatro" y se puso a trotar y a galopar y a sacudir los belfos y a relinchar en el idioma de su pariente civilizado.

-¡Muy bien! ¡Muy bien! -aprobó el perro, y agregó-: ¡Vamos todos los demás! ¡Anímense a probar por ustedes mismos! Por ejemplo tú, la señora hiena. Tengo entendido que sabes reir como los hombres. ¿No te animas a llorar como ellos?

Obsérvame y aprenderás.

El perro se puso otra vez en dos patas, tomó una vara como si fuera un bastón y comenzó a recitar una obra dramática, de las que hacen llorar a la gente que va a los teatros en las ciudades de los hombres. Se fue entristeciendo, entristeciendo, y al final de la representación se puso a gemir, a llorar conmovedoramente. Los otros animales aplaudieron emocionados. Entonces el perro actor agradeció esas muestras de admiración y animó a la hiena para que intentara llorar por ella misma. La hiena imitó la actuación en todo, pero en el momento de imitar el llanto del hombre le dio gracia aquello que estaba haciendo y se puso a reír. El perro desaprobó el final de la actuación de la hiena, pero no el principio. Había recordado hasta el monólogo de la obra dramática que le había recitado unos instantes antes. Así fue que la estimuló para que siguiera probando.

Después, como ya se hacía la noche, pidió que le sirvieran comida y le prepararan un lugar cómodo para dormir. Los animales se esmeraron lo mejor que pudieron, pero ni los brotos, ni la hierba, ni las plantas que le trajeron para que se alimentara, agradaron al perro actor, tan habituado a los goces refinados de la casa del hombre. Al mono se le ocurrió entonces traer bananas y frutas muy ricas. Para que durmiera juntaron el heno y las plantas que antes le habían traído para la cena y prepararon una cama.

Al otro día comenzó el escándalo. El hipopótamo, que había soñado siempre ser una mosca, intentó volar por encima de la jirafa. Saltó convencido de que nada más por hacer teatro iba a conseguir el vuelo de sus admirados insectos. La jirafa cayó al suelo aplastada por el hipopótamo. El chimpancé, que había pasado su vida envidiando a los elefantes, se puso en cuatro patas. Se colgó de su pequeña nariz una serpiente a manera de trompa. Y se puso son esa trompa improvisada a empujar árboles, para derribarlos tal y como sus admirados elefantes solían hacer. La serpiente, que había estado durmiendo hasta que el chimpancé la apretó contra el tronco del árbol, se puso a gritar, indignada y con el cuerpo lleno de moretones.

Pasaron dos semanas. Mientras los animales de la selva

pasaban las horas intentando copiar a sus vecinos, el perro descansaba en su cama de heno y plantas y comía exquisitos manjares que nunca antes había probado, y engordaba. Tanto comió y durmió el perro que se volvió una criatura obesa y desagradable que apenas podía caminar sobre sus patas.

Cuando notaron el cambio, los animales mandaron a la jirafa a que dialogara con él. La jirafa le preguntó:

-Señor, ¿a quién está usted imitando ahora?

El perro muy feliz, respondió:

-A mi amo.

-Tu amo, ¿es un cerdo acaso? -quiso saber el orangután, que se había quedado cerca de la conversación, lleno de curiosidad.

-No -respondió el perro actor-, es un hombre que acapara todas las cosas: dinero, casas, comidas. Por eso está muy gordo, y muy, muy solo.

La jirafa, que era una gran observadora, le preguntó a continuación:

-¿Por eso te escapaste de su casa en la ciudad?

Con tristeza el perro respondió:

-Sí. Yo no soy un actor de teatro. Soy un pobre perro profesional.

-¿Un perro profesional? -preguntaron a una todos los aninmales, que se habían ido acercando a la cama del obeso-. ¿Qué significa ser un perro profesional?

-Un perro que imita a los otros perros. A los viejos y a los nuevos perros. Un perro que vive obedeciendo órdenes estúpidas y sólo para que le den buena comida, una cucha y unas caricias. Un perro que no ama a su amo. Un perro que en cierto sentido explota a su amo. Un mentiroso, un impostor.

Al escuchar esta singular declaración los animales quedaron muy tristes. La jirafa, que era muy sabia, insistió:

-Pero, por lo que nos contaste, tampoco tu amo era mejor que tú.

El perro sacudió la cabeza afirmativamente y respondió:

-Por eso me fui. Porque en el fondo yo lo imitaba a él y él me imitaba a mí. Los dos somos unos farsantes. Yo le robaba sus mimos y cuidados y él me robaba mi servicio.

Como éramos casi ladrones el uno para el otro, una noche decidí dejar de vigilar la casa. Al poco tiempo llegaron ladrones de verdad y se llevaron todas las cosas de valor de la casa. Entonces mi amo me echó y yo me fui, satisfecho con lo que había provocado.

El perro dejó de hablar y se puso a llorar. La jirafa quiso conocer la razón de su venida a la selva y el porqué de su empeño en enseñarles a los otros animales el raro arte de "hacer teatro". El perro escuchó la pregunta y entre lágrimas respondió:

-Es lo único que aprendí a hacer: imitar a los perros profesionales y a los hombres poderosos. ¿De qué otra cosa podía ocuparme en la selva?

Los animales se separaron del perro triste y se pusieron a deliberar. Tomaron una decisión. La señora hiena, que tenía la voz más clara, en nombre de todos le dijo al perro:

-Hemos decidido que de hoy en adelante tú nos enseñes a ser otra vez lo que somos. Es necesario que alguien nos devuelva nuestras viejas y honradas costumbres, ahora que las hemos olvidado por completo tras pasar semanas enteras imitando a los otros. Hemos perdido nuestra verdadera forma de ser. Queremos volver a ser el animal que cada uno de nosotros es en realidad.

El perro, pensando que se trataba de una tarea propiamente de educación, para la que él no se sentía preparado, exclamó:

-¿Cómo podría hacer eso?

-Muy simple -dijo la hiena-, eres un buen actor. Imita a cada animal de la selva para que cada uno de nosotros aprenda a ser lo que verdaderamente es y que ya nos hemos olvidado.

Sonriente, el perro puso manos a la obra. En cuestión de un mes la selva volvió a ser la selva. El perro adelgazó los kilos ganados con la comida y la molicie y se quedó a vivir entre sus amigos, por las dudas que alguna vez a alguno de ellos lo picara la envidia y se olvidara de lo más importante: llegar a ser algún día lo que cada uno de ellos es en verdad en su corazón.

XVIII

Aquella tarde de jueves, cuando recién venía llegando la gente al pueblo, sentimos un alboroto muy grande del lado de los eucaliptus y corrimos todos hacia allí. ¡No podíamos creer lo que veíamos! Había un enano viejo vestido de astronauta sobre una bicicleta y encima de él no menos de cien palomas volando piruetas fantásticas. Cada vez que él hacía sonar el timbre de la bicicleta las palomas se formaban sobre nuestras cabezas creando figuras hermosas: un avión, un caballo, una cacerola. Las palomas parecían entender perfectamente lo que quería de ellas el enanito vestido de astronauta. A medida que pasaban los minutos se iba acercando la gente a la arboleda. Cuando estábamos reunidos todos los que asistíamos a la cuarta jornada del concurso, don Zoilo se le apersonó al artista y le pidió explicaciones. El enanito se sacó la escafandra. Las palomas se posaron en las ramas de los árboles y todos escuchamos muy atento lo que tenía que decirnos.

XIX

-Me enteré de lo del concurso de cuentos en mi nave espacial.

-¿En su nave espacial? -preguntó el comisario, desorientado.

-Sí, un cohete viejo que cayó en mi casa, allá por el río Olimar. Con mucho trabajo y paciencia le fui haciendo arreglos y después de mucho tiempo conseguí dejarlo como nuevo.

El comisario, sin poder creer lo que oía, preguntó:

-¿Y usted vuela en esa nave espacial suya?

El enanito puso cara de melodrama y dijo con la voz entrecortada por la emoción:

-Volar...lo que se dice volar...eso no. ¡Pero duermo la siesta adentro! ¡Si usted supiera los sueños que tengo en mi nave espacial! Por ejemplo y sin ir más lejos una vez estuve en Venus. ¡Si usted conociera la gente de Venus se querría ir a vivir allá! Son todos inteligentes y buenos y, claro...son todos enanos...

-¿Todos enanos? -preguntó un poco irritado el

comisario.

-Sí, de tanto pensar y pensar, en la vida, en el universo, en el origen de las cosas, de tanto pensar se quedaron enanos. Me dijeron que eso les pasa a todos los habitantes de los planetas cuando empiezan a darse cuenta que es más importante crecer para adentro que crecer para afuera.

Cuando el comisario daba muestras de estar perdiendo la calma, y antes de que se le ocurriera ponerlo preso, la señorita Poema, que ya tenía al barrigón en sus manos, lo tranquilizó y le hizo una pregunta muy oportuna al enano astronauta:

-¿Y cómo fue que se enteró del certamen regional de imaginación e inventiva, señor?

El enanito dijo muy misteriosamente:

-¡Por telepatía! Los venusinos me enseñaron en aquel sueño a desarrollar el poder de conocer lo que piensan los demás, sólo cuando los demás piensan alguna cosa buena de verdad. Así fue que me enteré del concurso de cuentos, con ese nombre tan largo que le pusieron.

-Pero usted no se inscribió en fecha, me parece -dijo la maestra.

-Sí, tuve que atender otros encuentros con gente de Saturno y Neptuno. No tuve tiempo de venir por aquí. Espero que me sepan excusar. ¡Pero no les voy a robar mucho tiempo con mi cuento! Me lo enseñaron mis amigos del sistema solar. Me dijeron que el hecho ocurrió en nuestro planeta no hace mucho tiempo y que puede ser considerado como una prueba de lo mal que marchan las cosas entre nosotros, los terrícolas. ¿Me permiten contarlo aquí y ahora? Después me voy con mis palomas a otra parte. Este cuento nos tiene mucho que enseñar a los terrícolas, según me enseñaron mis maestros extraterrestres. Sólo por eso les ruego que me permitan contarlo. ¡Esa es la misión que ellos me asignaron en mis sueños! ¡Por favor! ¡Permítanme contarles el cuento!

El comisario que pensaba que todo aquello era una verdadera locura tuvo que ceder ante los requerimientos de la señorita Poema, que lo convenció allí mismo.

-Concedido -dijo el comisario-. Pero, antes de que nos cuente su cuento tan especial. ¿Podría explicarnos cómo hizo para amaestrar a las palomas?

El enano se rió mucho y cuando dejó de reírse nos dijo, muy enigmáticamente:

-Es un sueño. Mis maestros de los otros planetas me enseñaron que la mayor parte de las cosas que vemos son sueños. Las palomas son sueños de la gente de una luna de Júpiter. Y hay más. Me contaron que a veces hay planetas enteros que son sueños de las estrellas y otros planetas que son sueños de los cometas, y que hay cometas que son sueños de los ropavejeros de Mercurio. ¿Se dan cuenta que nosotros bien podríamos ser un sueño de la Tierra? ¿Se dan cuenta? ¿De verdad se dan cuenta?

Cuando todos callábamos algo asustados por las palabras del enano astronauta, el comisario lo apuró para que nos contara el cuento y se fuera de una vez.

El enano volvió a hacer andar su bicicleta y tocó el timbre. Las palomas volvieron a volar y formaron la figura de un pie. Un pie gigantesco. Cuando, acto seguido, el enano nos contó este cuento todos entendimos la razón. Es un cuento breve pero nos deja un sentimiento de incomodidad a todos. No sé si eso es lo que buscan los maestros del enano astronauta. Cuando se bajó de la bicicleta y se puso a hablar se hizo un silencio muy grande. Las palomas desaparecieron como por arte de magia y ya no las volvimos a ver. A mí me pareció que el enano astronauta tenía un poquito de razón, no tanto en lo de los extraterrestres como en lo que a mí me parece que nos enseña el cuento:

XX

Un hombre muy delgado, con los pies descalzos, vestido con harapos y completamente sucio, entró a una zapatería y ante la mirada sorprendida del zapatero, preguntó:

-¿Podría usted repararme estos zapatos?

Tras mucho reflexionar y controlar sus emociones, el zapatero fue por agua y jabón, le lavó los pies al pordiosero y lo despidió.

Poco tiempo después regresó este hombre tan pobre a la zapatería y enseñando otra vez los pies, ahora limpios, le preguntó al zapatero:

-¿No tendría usted otro par de zapatos igual a estos?

XXI

De aquel jueves, el cuarto día del concurso, escojo un cuento muy tonto. Así me pareció a mí. Nos lo contó un señor que se presentó como siendo un sicoanalista. Ustedes saben que hay hombres que estudian el alma humana. Este señor era uno de ellos. Dijo que conocía muy bien los secretos del mundo de la mente. Todos lo escuchamos atentos. Empleaba palabras muy difíciles. Después de presentarse y de hablar de sus conocimientos y habilidades se despachó con un cuento de sueños. Nos dijo que todos teníamos un hermano gemelo de los sueños. Que algunos soñaban con él alguna vez en sus vidas. Y que los que no soñaban con él de vivos, soñaban con él en el instante de la muerte. Dijo otras cosas igualmente curiosas ante nuestro silencio respetuoso, y después de una media hora larga, se puso a narrarnos su cuento, el cuento del niño Jaime Chiritos.

XXII

Jaime Chiritos era un niño muy soñador. Una mañana su padre lo encontró sentado a la puerta de la casa mirando el camino. Jaime esperaba ver aparecer a su hermano gemelo de los sueños por el camino. Había salido a buscarlo sin éxito y ahora sentía mucha ansiedad por encontrarlo de nuevo y también mucho frío.

Al ver al niño tiritando a la puerta de la casa, el padre de Jaime pensó que otra vez su hijo había estado soñando. Le habló al pequeño con afecto pero con firmeza. Le dijo que nada más había sido un sueño. Nada más que eso. Lo alzó entre sus brazos y lo entró a la casa.

Jaime era el único hijo del viudo, don José Chiritos. Estaba dotado de una gran imaginación y vivía intensamente las cosas que soñaba. Le parecían lo mismo que las del resto del día.

Una vez que don José Chiritos dejó a Jaime en la cama, el pequeño volvió a dormirse y a soñar. En el sueño vio allí, adelante, correteando por el camino, a su hermano gemelo de los sueños. El muy pícaro hacía piruetas ante sus ojos. Con gran alegría Jaime lo abrazó. Estaba feliz de haberlo encontrado. Pero el hermano de los sueños se soltó del abrazo de Jaime y se puso a correr. Algo sorprendido por la actitud del hermano gemelo de los sueños, Jaime lo llamó dos o tres veces, pidiéndole que lo esperara, que no corriera tan rápido. Pero el otro niño no le hizo caso. Queriendo alcanzarlo Jaime se puso a correr detrás de él.

Corrieron por un largo camino color ladrillo, un camino blando en el que se hundían los zapatos. A ambos lados se abrían otros caminos y había naipes gigantes y regaderas del tamaño de una iglesia. El hermano, allá adelante, corría cada vez más velozmente por el blando camino color ladrillo. Detrás venía Jaime dando saltitos. Casi lo había perdido de vista.

El hermano gemelo de los sueños y Jaime conocían bien aquel camino. Era un camino muy estrecho. El que corría adelante apenas si alcanzaba ver un punto allá atrás. El punto era la figura de Jaime. Sin pensarlo dos veces el hermano gemelo de los sueños apuró aún más el paso. Después alcanzó a ver la casa verde y azul, aquella casa pequeña. Sabía que Jaime no podría extraviarse en el sueño. Y se detuvo. Se sentó a la puerta de esta casa a esperarlo. Jaime, que venía muy lejos todavía, corría desesperado por encontrarse con su hermano. Lo había vuelto a perder de vista, como siempre. Otra vez había logrado escapar el muy pícaro.

Cuando eran las nueve de la mañana y don José Chiritos se aprontaba para ir al trabajo, al salir encontró al pequeño en la puerta. Miraba con ansiedad el camino. Como siempre. Don José Chiritos, un poco preocupado por la continua repetición del caso, supo que Jaime había vuelto a soñar. Lo alzó en sus brazos y lo regresó al dormitorio. Luego le dio un beso y se marchó.

El pequeño se durmió sin que don José Chiritos

alcanzara a descubrir la verdad: Jaime todavía venía corriendo por el camino estrecho color ladrillo, que en el sueño era tan blando, rumbo a su casa verde y azul. Don José Chiritos no sabía que en el dormitorio de Jaime descansaba de una larga y cansadora carrera el hermano gemelo de los sueños de su hijo.

XXIII

Nos acercábamos al final del concurso, ya era viernes, y estábamos todos muy conmovidos por el suceso que había tenido el proyecto de don Zoilo y de nuestros padres. Muchas gentes distintas, de muchos parajes del departamento, habían venido a participar de la fiesta. Ese viernes también llegaron los músicos: acordeonista, guitarreros y un italiano con un bombo. Trajeron los instrumentos para tocar un poco y para anunciar que al día siguiente, para cerrar la cosa, iba a haber un baile. La gente gritó de alegría y pidió que tocaran alguna música mientras esperaban a los concursantes. Corrió mucha limonada casera, ya que el vino se nos había acabado. Mucha empanada y algún pastelito dulce.

Nos habíamos hecho muy amigos de los visitantes. Incluso nos prometieron que iban a hablar con el intendente del departamento para que se ocupara un poquito de nuestra suerte. Nos hicimos muchas ilusiones.

Se formalizaron muchas parejas además de la que ustedes ya saben. Se hicieron muchas promesas, de todo tipo. Había sido una experiencia hermosa. Todos estaban felices y hablaban del baile del día siguiente. Así fue que el primer cuentista que llegó pasó sin pena ni gloria.

Era un señor escocés. Un hacendado escocés que vino vestido con una falda muy colorida. Hubo que explicarles a algunas señoras indignadas lo de la costumbre de los escoceses de usar faldas como las mujeres. También trajo su gaita y nos ofreció un pequeño concierto antes de largarnos el cuento.

Es un asunto antiguo de las Europas, de la época de los caballeros andantes y las viejas brujas de los bosques. Es gracioso. Vale la pena contarlo. Aparece una espada muy especial y un caballero que la tiene por algo muy valioso. Hay una bella y como les dije una vieja bruja. Como en la realidad. Sólo que los hombres, en lugar de espadas para conquistar a las mujeres, usan bombachas limpias y botas de potro lustrosas. Se ponen el sombrero ladeado y se peinan. Se afinan el bigote y se afeitan. Y para entonarse un poco beben un guindado o alguna cosa fuerte. ¡Es una pena que los hombres se acobarden tanto con las mujeres y que lleguen a tomar alcohol para hablar con ellas! Eso sí, el comisario se pasó a limonada para no espantar a la señorita Poema. Cuando el escocés contó este cuento la señorita Poema se puso colorada. Don Zoilo ni sonrió para no espantarla, como les dije. El cuento no da para asustarse, pero algunas mujeres feas, como nuestra maestra, son sensibles a cualquier dicho. Y algunos hombres gordos y feos, como el comisario, son sensibles a la sensibilidad de las mujeres. Así que se quedaron los dos muy tranquilitos y escucharon el cuento sin festejar. Nosotros nos reímos a todo galope. Es una historia que dice muchas cosas que les ocurren a los enamorados, a los varones especialmente. Y también a las mujeres. A las maestras especialmente, según creíamos los muchachos del pueblo.

XIV

El Señor de la Espada en Llamas se acercó a la fuente de agua. Hundió su rostro y sus manos allí. Quería despertar. No podía creer lo que veía. Nadie había visto jamás lo que él estaba viendo en ese momento. Una mujer tan bella y primorosa como una gacela. Una gacela que tiembla y que conmueve el corazón del caballero.

La mujer bella le habló y le dijo:

-No soy lo que crees. Soy más bien lo que ignoras.

El caballero la miró embelesado y le confesó:

-Creo que eres el alma, la esencia de todas las cosas felices.

-Soy el alma, sí, -dijo la bella- y he venido a confiarte la misión que el Altísimo te ha asignado.

El caballero retiró respetuosamente su mirada de los ojos de la hermosa y tembló. Sabía que una vez en la vida, tarde o temprano, se establece el vínculo con el alma. Y por eso temblaba.

-No temas -le dijo el alma-, tu misión es casarte con la mujer más pobre de la tierra, pues eres un libertador.

Desconsolado, aun así el caballero no pudo protestar. No se animó a discutir su destino. La bella se marchó en el interior del bosque tan misteriosamente como había venido. El caballero quedó triste y sombrío. Apoyó su espada de fuego sobre una gran roca e hizo un solemne juramento:

-¡Juro ser devoto esposo y amante de la mujer más pobre de la tierra!

Una vieja fea y repugnante se le acercó, y habiendo escuchado aquel juramento, le dijo:

-Soy la mujer más pobre de la tierra: no tengo dinero, no tengo belleza, no tengo conocimiento. Debes desposarme.

El caballero miró a la vieja con asco, pero reflexionó. No podía escapar a la verdad: ciertamente esa mujer parecía ser la más pobre de la tierra. Apenas se animó a decir:

-Prepara nuestros esponsales. Cumpliré con mi juramento.

La vieja se rió satisfecha y dijo, haciendo ademán de quitarse la ropa:

-El momento ha llegado.

Viéndola en ese ridículo entusiasmo sensual, el caballero precisó:

-He jurado desposarte. Me he jurado aprender a amarte. Pero no puedes pedirme que te vea desnuda.

-¡Tonterías! -dijo la vieja-. Si fuera una moza bella me tomarías en tus brazos en el acto.

El caballero debió admitir la razón de esas palabras, pero antes de que fuera capaz de hablar, la vieja dijo:

-No seré tu esposa entonces y tú habrás fracasado en tus deberes espirituales.

Desangrándose por dentro ante la verdad de aquellas palabras, el caballero hizo un esfuerzo grande y dijo:

-Bien, puedes desnudarte. Pero no me obligues a nada más.

-¡Tonterías! -dijo la vieja-. Si fuera una moza espléndida no tendrías tantas mañas.

Sudando de terror y temeroso de perder la bendición de los cielos, el caballero dijo:

-Bien, me entregaré a ti, pero permite que me embriague antes.

-¡Tonterías! -repitió la vieja-. Bien querrías estar en tus cabales al acariciar a una moza bella.

Llorando de confusión y derrotado por esta prueba, el caballero extrajo su espada de fuego de la vaina y con todas sus fuerzas la hundió en la gran roca sagrada.

-Admito mi falta de valor -dijo abandonando para siempre su condición de caballero del alma-. Renuncio a la caballería y a sus leyes celosísimas.

Montó en su caballo negro y se marchó.

La vieja miró la famosa espada clavada en la roca y pensó:

-De todos modos no era tan buen mozo.

XXV

En aquella tarde tranquila de viernes le tocó el turno al viejo Mateos, el balsero del río oscuro de los árboles tristes, el río de sus antepasados, los bravos guerreros de familias emparentadas con los guaraníes, según nos enseñó la señorita Poema. Era un deleite verlo tallar la madera con su cuchillo estropeado de hoja delgada y mordida. Se lo veía poco por las inmediaciones, así que fue una sorpresa para todos oírle narrar una historia de su pueblo. La maestra nos contó que hace mucho tiempo algunos señores que tenían mucho poder terminaron con estos guerreros. Siempre nos quedó un dejo de tristeza de pensar que alguien pudiera exterminar a una raza como ocurrió en estas tierras. Dice la señorita Poema que es muy común que cada tanto algunos locos intenten acabar con un pueblo, que ha sucedido muchas veces. ¿Cómo puede ser que a alguien se le haya ocurrido exterminar a los hombres que guardaban la tierra con tanto respeto? Todavía quedan descendientes de aquellos antiguos pobladores de las costas de nuestros ríos y arroyos. Aquí, entre nosotros, se dice que mi abuela tenía sangre de guerrero. ¡Me siento muy orgulloso de ser nieto de los verdaderos vigilantes de la tierra!

El viejo Mateos, que dormía adentro de la balsa y cuando llovía la daba vuelta y se refugiaba debajo, nos contó una historia maravillosa de aquellos tiempos que ya nadie parece recordar.

XXVI

Sepé era un varón joven y fuerte, el más hábil entre los jóvenes de aquellos dos asentamientos de bravos guerreros, nativos de estas tierras, situados a la orilla del río de las Serpientes que Cantan. Amaba a una muchacha de la población vecina, pero ignoraba si ella le correspondería y si los padres de la hermosa estarían de acuerdo en concederla para el matrimonio. Ansioso por conocer la verdad decidió visitar al hombre de medicina, al sabio, que vivía solo en la espesura.

Camino a su toldería sintió los gruñidos de un puma y se ocultó en la maleza. Cuando ya no se oían esos sonidos inconfundibles volvió a emprender la marcha. Algo más adelante y sin que el silencio de los pájaros anunciara una presencia peligrosa, oyó un alarido largo y horroroso. Él conocía todos los gritos de los animales y los cantos de las aves, pero ese alarido le pareció desconocido. Tan raro y especial que supo que jamás se habría de olvidar de él. Pero no sintió miedo.

Siguió avanzando por el bosque rumbo a la morada del sabio. En un claro alcanzó a ver el cuerpo, aparentemente sin vida, del puma que antes había gruñido. Rápidamente quiso averiguar qué lo había matado. Lo escudriñó detenidamente. Lo dio vuelta. No tenía heridas ni señales de violencia. Desconfiado miró a todos lados y se apuró por llegar a la toldería del viejo hombre de medicina, no sin antes cortar un trozo de la cola del felino.

Cuando llegó a la morada del viejo lo saludó con respeto y le entregó la cola del puma. El viejo sabio, riéndose, le dijo:

-Has pasado la prueba que puse en tu camino.

-¿La prueba? ¿A qué te refieres? -preguntó Sepé sorprendido.

El viejo se explicó, diciendo:

Con uno de mis poderosos alaridos quise conocer la fortaleza de tu corazón, la seriedad de tu propósito de venir hasta mí. El puma oyó su alarido y se desmayó de susto. Tan dormido quedó que incluso tú le cortaste un trozo de la cola. Es el mejor trofeo que un guerrero puede tener. No te asustaste ante mi grito y rebanaste un pedazo del señor de las tierras de cacería. ¡Ahora háblame de lo que te trae aquí!

Sepé le narró su amor por la joven Guyunusa y quiso saber si ella le correspondería y si los padres lo aceptarían como hijo adoptivo de aquella familia.

El viejo sabio le dijo misteriosamente:

-Existe un hechizo infalible para que ella se fije en ti y especialmente para que sus padres te acepten.

-¿Cuál es? -preguntó anisoso Sepé.

-Llévale este trozo de cola del puma a Senaqué, el padre

de la niña.

Sin querer conocer más sobre el hechizo, Sepé partió inmediatamente. Llegó a la toldería de la familia de Guyunusa y respetuosamente pidió ser oído. Cuando Senaqué tuvo a su familia en orden, junto al joven guerrero, éste le dijo:

-Deseo tomar a tu hija, la bella gacela que hace enrojecer al jacarandá, y a cambio y como prueba de la firmeza de mi propósito te traje este trofeo.

Y le entregó a Senaqué el trozo de la cola del puma.

El noble guerrero, desconfiado, planteó una nueva exigencia:

-Eso es un pedazo de la cola del puma. ¿Y el cuerpo del puma?

Sepé, sorprendido por el planteo, no supo qué decir. Saludó respetuosamente a Senaqué y a la familia allí reunida y marchó a ver al viejo sabio otra vez. Cuando estuvo a su lado le narró lo ocurrido, a lo que el viejo observó:

-El puma sigue dormido en el bosque. Ve y díle a Senaqué que vea por sus propios ojos la hazaña: sin violencia alguna el animal fue sometido y tú le rebanaste la cola.

Entusiasmado, Sepé corrió otra vez a la toldería de Guyunusa. Volvió a saludar respetuosamente a Senaqué e insistió en que el noble guerrero, padre de la niña, lo acompañara al bosque. Curioso por conocer el valor del joven pretendiente antes de tomar una decisión, el noble guerrero fue con él. Cuando llegaron al claro en el bosque vieron el cuerpo yacente del puma con la cola trozada. El noble guerrero Senaqué miró parte a parte el cuerpo del felino y le preguntó a Sepé:

-¿Cómo le diste muerte?

Sepé no supo qué responder. Mientras pensaba qué decir el puma se despertó y gruñó. El experiente guerrero, padre de la pretendida, se puso en guardia y preguntó:

-¿Está vivo? ¿Le cortaste la cola vivo?

Sepé no atinó a decir palabra. Entonces Senaqué le pidió la definitiva prueba de valor al joven guerrero pretendiente: la muerte del puma.

Sepé, dispuesto a morir por su amada si fuera necesario, se encontraba sin armas. Pero igual enfrentó al puma. Estaba decidido a luchar, pero no sabía cómo defenderse. Entonces recordó el alarido del viejo sabio. Nunca podría olvidarse de aquel alarido. Poniendo toda su fe en la memoria, inhaló aire hasta llenar sus pulmones y después gritó aquel grito aterrador. El puma cayó a sus pies, desmayado de miedo. Sorprendido y habiéndose desvanecido también por aquel alarido espantable, el padre de la joven pretendida, tras ser socorrido por el joven guerrero Sepé, estuvo de acuerdo en que se unieran en pareja.

Sepé volvió al refugio del viejo hombre de medicina, una vez consumada la unión de la pareja, a agradecerle por la ayuda. Pero el viejo sabio ya no estaba allí. Sepé no supo entonces que aquel viejo conocedor de todos los secretos le había dado el primer poder, el de dominar a las fieras y ganar la confianza de los jefes guerreros, y que se había marchado de allí, porque había llegado la hora de pasar gradualmente su mando a un joven guerrero que había conocido recientemente y que tenía agallas y talento, el propio Sepé. En adelante el viejo sabio enseñó a su sucesor a través de los sueños.

Con el tiempo Sepé se convirtió en el hombre de la voz del viento. Y todas las familias lo reverenciaron, porquc se decía que había llegado a conocer el mayor poder, el reservado para unos pocos: el poder de hablar en silencio. Los viejos sabios de los pueblos del río donde habían vivido y enseñado incontables hombres de medicina y de poder, sólo ellos, pueden entender el silencio sin caer presas del terror que produce en los hombres vulgares, como nosotros. Por ejemplo, cuando no entendemos qué quieren decirnos la voz del bosque y la voz del río, antes y después de la tormenta, cuando callan y con ello nos empujan a escuchar y a callar también.

XXVII

Después de terminar su historia, el viejo don Mateos se puso de pie solemnemente. Abrió los brazos y miró adelante, con los ojos fijos en algún punto en el horizonte. Los cerró. Todos callamos respetuosamente. Don Mateos continuó en esa posición durante uno o dos minutos. Se sentía una rara inquietud en la gente. Sabíamos que don Mateos era un hombre muy particular, que conservaba tradiciones y costumbres de su nación. La gente hablaba de sus creencias, de creencias nacidas del contacto de aquellos hombres nobles con la naturaleza. Y eso lo volvía más misterioso todavía. No faltaba quien lo tomaba por medio brujo. A quien más a quien menos había ayudado a curar un ternero, un mal de ojo, una hinchazón, la picadura de una víbora. Se decía que ese conocimiento lo había heredado de su familia en los bosques. Se le respetaba pero también se le temía, así que aquellos dos minutos parecieron eternos para todos.

De pronto don Mateos abrió los ojos. Los elevó al cielo. Después miró su pecho y cuando volvió a tener los ojos mirando el horizonte, pronunció una oración muy rara y muy bella:

XXVIII

Señor, seas lo que seas
permite que al terminar la labor
incline mi cabeza sobre el pecho
como el sauce se inclina sobre el agua del arroyo.
Permite que sienta los latidos
de la sangre de mi pecho
como el junco de la orilla
que golpea el agua movido por el viento,
porque aunque no sé quién eres, en realidad
sé que el agua del arroyo es la sangre de mi cuerpo
y que la sangre de mi corazón es tu sangre
y que Tú no haces diferencia entre el arroyo y mi sangre.
Señor, seas lo que seas
permite que los hombres ya no hagan diferencias
y que mi sangre y la sangre de todas las razas
se vuelvan una como las llamas del fuego.

XXIX

Todos escuchamos con atención aquel rezo. Las viejas santurronas se persignaron y chismorrotearon por lo bajo que eran palabras del mismo diablo. Pero a la mayoría nos pareció cosa linda y sincera.

La señorita Poema y el comisario se acercaron a don Mateos y lo abrazaron emocionados. Ella tenía los ojos cargados de lágrimas. Don Zoilo, que ya no la dejaba sola en ningún lado, estaba conmovido. Don Mateos se bajó de la tarima y sin mostrar emoción alguna en su rostro se fue caminando despacio. Los dos perros negros que lo acompañaban a todas partes saltaban a su lado.

Nunca olvidaré este día, esta historia, este rezo, ni a este hombre pequeño y curtido que vivía donde se oculta el sol, muy cerca de sus antepasados muertos.

XXX

La tarde del sábado fue diferente. Ya la gente casi no pensaba en el concurso de cuentos. Estaban entusiasmados con el baile. Así que los últimos dos participantes vinieron y contaron sus historias muy rápidamente y se fueron, sin recibir casi aplausos.

El primero en presentarse fue un doctor de la ciudad, muy amigo de don Zoilo. Me dijeron que era político y que había venido al pueblo a ganarse simpatías para las elecciones que se iban acercando. Como la gente estaba en otra cosa ni escuchó el discurso que el doctor se mandó, bajo su poncho blanco y celeste.

El cuento, sin embargo, no habla de política. Es un cuento de brujos. Me parece que la señorita Poema nos leyó algo muy parecido en un libro que fue escrito hace mucho tiempo en España, durante la dominación árabe de aquella tierra. Está bien, no me parece una cosa muy genial, pero se deja escuchar.

XXXI

Pedro Suárez, un hombre ya mayor y muy rico, que quería conocer las artes de la magia, se presentó en la morada de un viejo brujo que una doméstica de su mansión le había dicho vivía en la cueva de una montaña. El brujo escuchó el pedido de Pedro Suárez y le ordenó que lo acompañara a la profundidad de la caverna. Así lo hicieron. Ingresaron por un pasadizo de roca, iluminado con antorchas encajadas en los muros de piedra, y caminaron. El brujo iba adelante.

Marcharon por horas en la profundidad de la tierra, hasta que, de pronto, surgió un niño harapiento que se dirigió a Pedro Suárez y le pidió a aquel hombre una moneda por caridad. Pedro Suárez pensó que era de muy mal gusto que el brujo intentara sacarle la plata con un truco tal, sin darle el conocimiento a cambio, y negó la moneda al niño. Siguieron avanzando.

Al rato asomó una mujer muy vieja que le pidió al rico avariento una moneda para comprar alimento. Pedro Suárez, aspirante a la ciencia de la magia, volvió a pensar, muy molesto, que el mago le quería sacar la plata antes de darle el conocimiento y rehusó ayudar a la mujer. Siguieron la marcha.

De pronto, desde la oscuridad de la caverna asomó el hijo de Pedro Suárez, un joven de alrededor de veinte años, que se había marchado de la casa paterna hacía casi dos años, ahora vestido con ropas rotosas y con el cuerpo sucio y maloliente. Le pidió a su padre una moneda para comprar algo con que atender el hambre atrasada. Pedro Suárez pensó que era una vulgar treta mágica del brujo que quería sacarle la plata con un engaño tan deplorable. Ya muy enojado por aquello que él creía tres evidentes intentos de engañarlo, Pedro Suárez le pidió a la figura de su hijo:

-Demuéstrame que eres mi hijo.

El mozo le describió su casa, su hacienda, los domésticos que le servían y un secreto escondrijo donde el rico avariento guardaba sus monedas.

Pedro Suárez, inpresionado por lo que creyó la más artera magia del brujo, encaró al prodigioso con insultos y quiso golpearlo.

El brujo dio un paso atrás, hizo un gesto con una mano y los hombres se encontraron en el granero de la hacienda del rico avariento, junto a un cofre cubierto por el heno donde éste guardaba su riqueza. Cuando indignado Pedro Suárez quiso volver a atacar al brujo, éste lo contuvo con un ademán vehemente y le dijo:

-Lo único que te importa es el dinero. No te interesa mi arte, ni tu hijo, ni la mujer que rescató a tu hijo del abandono y el hambre, ni el niño que vive con ambos en una choza en el bosque.

Pedro Suárez, al conocer la suerte que había corrido su único hijo, agachó la cabeza y se desmoronó. Preguntó por más detalles sobre la vida del muchacho y el mágico le narró algunas pocas cosas. Las suficientes para enternecer el corazón del avaro. Lloró Pedro Suárez amargamente por no haber alcanzado a comprender a tiempo las necesidades de su joven hijo. Pensó que debió haberlo ayudado para que pudiera establecerse y prosperar y que ahora no tenía valor para ir a buscarlo al bosque y pedirle perdón. Cuando llegó a este pensamiento, el brujo hizo un ademán y le mostró en el fondo de la caverna el bosque. De una pequeña choza asomó el muchacho y le dijo a su padre:

-La vieja que viste me enseñó el arte. El niño que viste fue mi primer creación en el arte. El brujo es mi última creación. ¿No era acaso el brujo lo que tú viniste a buscar?

Y cuando el muchacho dijo esto, Pedro Suárez, que ciertamente había venido de tan lejos para aprender el arte de la magia, se convirtió en el brujo mismo. Alcanzó así aquello que buscaba y al precio justo. Y ya no necesitó defender más su dinero de enemigos imaginarios. Dio una parte de su riqueza a su hijo y otra parte a la vieja que lo recogió. Y al niño que había creado el verdadero mago, su hijo, le regaló un caballo de madera y un reloj de oro, que había sido el primer objeto que se había comprado Pedro Suárez con el producido de la venta de unas arrobas de maíz, la primera cosecha que recogió en su vida.

XXXII

El último concursante percibió la agitación de la gente, su ansiedad por que empezara el baile y descartó el cuento que había elegido narrar. Nos dijo que en beneficio de la gente y del baile iba a contar otro cuento, no muy largo y algo cómico. La gente lo aplaudió, y mientras los músicos se ponían a tocar y algunos ya se levantaban de sus asientos y acompañaban con el cuerpo las melodías, nuestro último artista se acomodó en el entarimado. Por unos instantes acompañó el ritmo de la música con aplausos y cuando los músicos decidieron bajar el volumen para permitirle a este hombre hacer su parte, se desapachó con un cuento que a todos nos pareció el más adecuado antes del baile.

XXXIII

Esta historia comenzó hace algunos siglos. El capitán Afilado, un pirata que había hecho de las suyas por los mares tropicales, a punto de morir en el lecho, llamó al más leal de sus servidores y le dijo:

-El tesoro está escondido en la bahía que los corsarios llaman "del bigote", próximo a la piedra en forma de nariz que se ve desde la costa, bajo la arena sobre la que la piedra da su sombra exactamente al mediodía del primer día de verano. Excava y obtendrás tu premio por tantos años de lealtad.

Murió el pirata. El servidor, que conocía las instrucciones pero que no tenía dinero para emprender el viaje, decidió juntar moneda sobre moneda para ello. Pero lo sorprendió una cruel enfermedad a los sesenta años sin haber podido llegar al sitio del tesoro. Antes de morir llamó a su hijo mayor y con las pocas fuerzas que le quedaban le dijo:

-El tesoro está escondido junto al lugar que se parece a un bigote, cerca de la roca que se parece a la nariz, debajo de la sombra. Allí hay que hacer la excavación.

Murió el servidor del pirata. El hijo mayor pensó y repensó las instrucciones del padre. Llegó a hacer un mapa, incluso, tomando como referencia los recuerdos de viaje de su progenitor. Se puso a juntar moneda sobre moneda con el propósito de reunir la suma necesaria para emprender el viaje. Pero lo sorprendió la vejez sin alcanzar a cumplir su sueño. Antes de morir llamó a su única hija y le dijo con mucha dificultad:

-El tesoro está escondido donde se juntan la sombra de la nariz y el bigote. Hay que excavar allí.

La hija, que estudiaba para dentista, abandonó la loca idea de encontrar el tesoro con tamañas instrucciones.

Tiempo después conoció un muchacho delgado, de nariz afilada y fino bigote. Y cuando se enamoró de él recordó las raras instrucciones de su padre. Pensó en la sombra de la nariz sobre el bigote, exactamente encima de los labios que a ella le atraían tanto. Pero la cosa no pasó de esa asociación de ideas.

Un año más tarde los jóvenes se casaron.

Cuando un tiempo después debió arreglarle un diente a su esposo, descubrió, al hacerle abrir la boca, que éste tenía todas las muelas de oro. Y sonriendo se acordó de su padre, de su abuelo y del capitán Afilado. Así fue como encontró el tesoro, exactamente en el sitio que indicaban las instrucciones que su padre le había comunicado antes de morir.

XXXIV

Los músicos empezaron a tocar polcas y chamarritas y músicas brasileñas. Como pudimos sacamos los bancos del escenario improvisado. Las comadres echaron agua perfumada para que no se levantara el polvo. Don Zoilo y la señorita Poema fueron los primeros en salir al ruedo. La gente se guiñó el ojo y todos los matrimonios se pusieron a bailar. Yo hubiera sacado a bailar a la Efigenia, pero nunca había bailado en mi vida y tenía vergüenza de los muchachos. Además mis padres eran muy duros en eso de andar enamorando a esa edad. La cosa fue que el pueblo entero y los visitantes, que ese sábado se contaban por docenas, se pusieron a bailar. El doctor que nos contó la historia de Pedro Suárez se puso a conversarle a la gente a la sombra de los árboles, pero todo el mundo le escapaba. Todavía no era fecha de comenzar a convencer al pueblo de las cosas del gobierno. Mi padre me había contado que los políticos son como aves de rapiña que merodean cerca de la gente cuando la gente se descuida. Yo todavía soñaba con ver el pueblo cambiado. Soñaba que la gente que había venido al Certamen Regional de la Imaginación y la Inventiva cumpliría con sus promesas de ayudarnos y de hablarle al intendente de nuestras necesidades. Así que, más que prestarle atención al baile, me quedé en un rincón imaginando las grúas levantando calles de material y los albañiles de la intendencia o del ejército construyendo casas modestas pero habitables para todos. Y me quedé dormido. Sólo recuerdo que me desperté al otro día en la cama y le pedí a Dios que se cumplieran mis sueños algún día, por ejemplo esa tarde de domingo. Pero hay cosas que no se le pueden exigir a Dios.

XXXV

Toda la mañana y hasta las seis de la tarde me la pasé esperando ver llegar a la gente para el cierre del concurso. Esperaba que vinieran los artistas y el doctor y los vecinos de los otros pueblos. Pero no vino nadie. ¿Pueden creer que no vino nadie? Los artistas no vinieron a ver si alguien había ganado: había ocurrido lo que predijera don Zoilo, que la gente quiere más bien que se la escuche y no tanto que se la premie. Que ese es el mayor premio que esperan recibir.

A la hora del cierre éramos unos cuantos vecinos y la muchachada atenta a lo que fuera a ocurrir. Estábamos desolados. Nos habían abandonado. Pensé que no valía la pena seguir esperando milagros imposibles. Pero lo que vino a ocurrir esa tarde me sacó de la pena. Sí, porque aparecieron don Zoilo y la señorita Poema del brazo, y ante el silencio y la curiosidad del puñado de vecinos allí reunidos don Zoilo dijo:

-Y ahora el premio. El premio es como un cuento, un cuento increíble: ¡Poema y yo nos casamos!

Al principio no pude reaccionar. Después me di cuenta que eso significaba que la señorita Poema no iba a abandonar el pueblo y salté de alegría. La gente comenzó a gritar: "¡que se besen, que se besen!" La señorita Poema esta vez no se puso colorada. Con un ademán hizo a la gente callarse y dijo:

-El cuento más increíble no es ese. El cuento más increíble es que Zoilo me prometió que una vez que nos casemos se va a volver vegetariano.

Esa fue la noticia que los muchachos más aplaudimos. Nuestros amiguitos los animales tenían un poquito más de esperanza de sobrevivir. ¡Era un notición! Corrimos hacia la señorita Poema y la rodeamos. Entonces la señorita Poema nos miró a todos a los ojos y nos dijo:

-Presten atención a lo que les voy a enseñar ahora.

Y una vez que nos dijo esto, le dio un beso grandote en la boca a don Zoilo. Sí, sé muy bien que es un cuento increíble, el más increíble de todos en este, mi "cuento de los cuentos", que quería que ustedes también conocieran ahora que mi vida cambió y la vida de muchos otros seres conmigo, antes que alguien les vaya con el cuento de que esta historia es una vulgar mentira de un campesino que, contra todas las costumbres nacionales, se volvió vegetariano por tener en el centro de su boca una lengua delicada y muy larga. Tan larga que un día le llegó al corazón.

Made in the USA
Coppell, TX
07 February 2021